「さあ麦を詰めて、
棺桶に蓋をして
ここから出ますわよ」
モモ
アリィ
大聖女は天に召されて、パン屋の義娘《むすめ》になりました。

カウネ
!?
レンソル
「彼女を聖女として大神殿に預けないか」
「は、はあ、左様ですか……」
「はあ？」
ミリアルド

「君たち可愛いね、よく言われるでしょう」
ラッセ
「君の名前を、教えてほしい」
ネオイアス
「ああ、本当に大聖女様なんですね。よく生きていてくださいました」
ミーティ

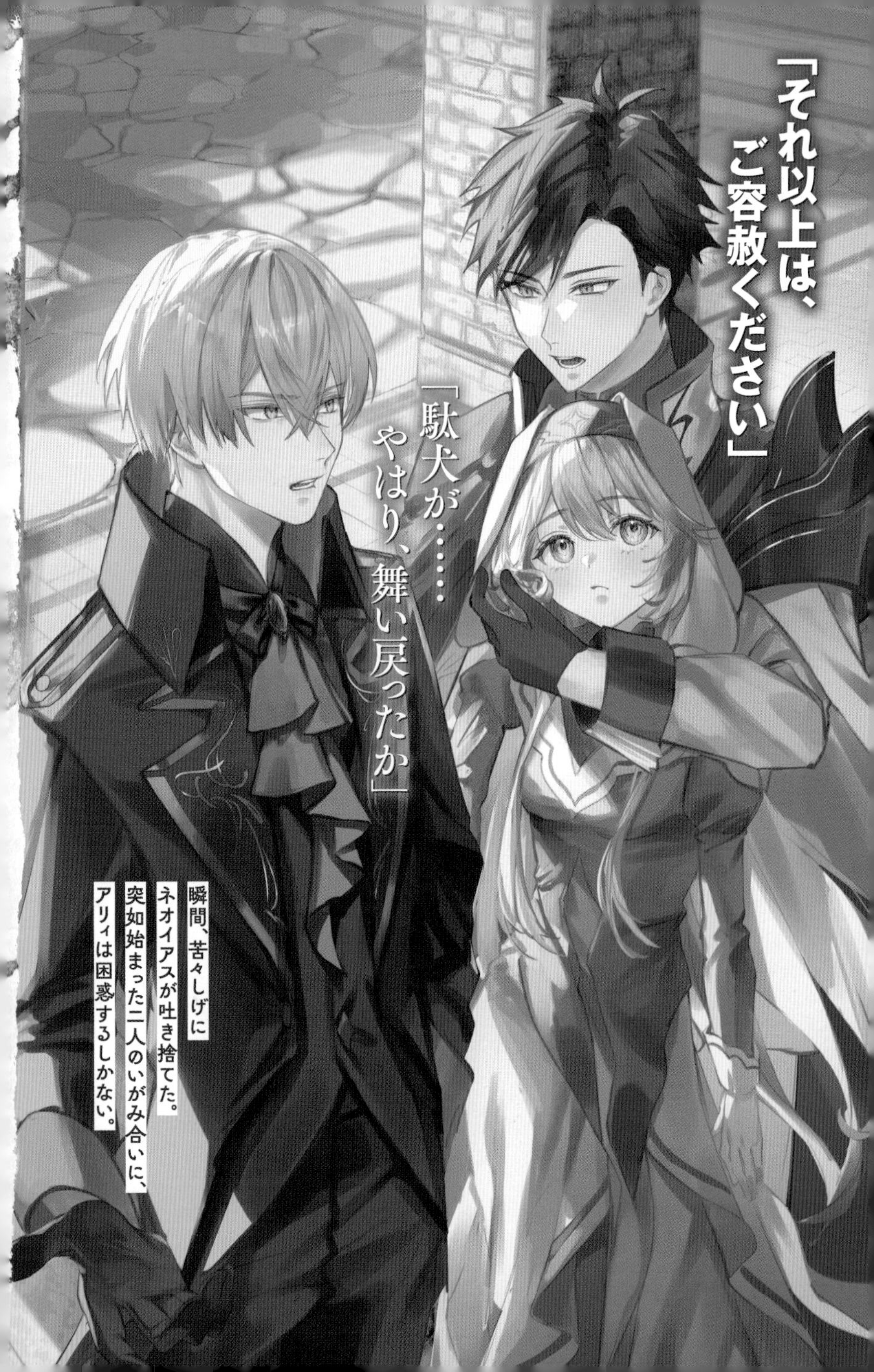
「それ以上は、ご容赦ください」

「駄犬が……やはり、舞い戻ったか」

瞬間、苦々しげにネオイアスが吐き捨てた。

突如始まった二人のいがみ合いに、
アリィは困惑するしかない。

大聖女は天に召されて、パン屋の義娘《むすめ》になりました。

久川航璃

illust. 香村羽梛

口絵・本文イラスト
香村羽梛

装丁
AFTERGLOW

CONTENTS

序章　棺桶《かんおけ》からこんばんは

クウリカ正教国。

その名の通り、クウリカ正教を主教とする宗教国家である。

国王はクウリカ正教の教皇から任命された敬虔《けいけん》なる信徒であることからも、その結びつきは強い。

クウリカ正教には代々教皇とは別に、『女神の加護』という特別な力を持つ、聖女が存在する。

神聖魔法とも呼ばれるその力は、治癒や浄化などを行うことができる。

そして最も位の高い聖女は大聖女と呼ばれ、信徒たちからは絶大な尊崇を集めていた。

今代の大聖女は第八十九代で、公表年齢は十六。朝露に濡《ぬ》れた花びら色の艶《つや》やかな髪を持ち、神々しさを感じさせる瞳《ひとみ》を持つ少女だ。

彼女は物心ついた頃《ころ》に神託により辺境の村から聖都サンタリカの大神殿へと連れてこられた。かれこれ十年は大聖女として務めを果たしている。

だが年齢はずっと十六歳のままだ。女神の加護を受けし大聖女は最大の恩恵を受け、年を取ることがない。

大聖女が永遠の乙女とされる所以《ゆえん》でもある。

そんな彼女は、これまで数々の奇跡を起こしてきた。

病弱な侯爵家嫡男の病を治し、歩けない子どもの足を治癒し、死の淵《ふち》に瀕《ひん》した老人を全快させる——まさに奇跡としか呼べない偉業を成し遂げてきた。

そうして神殿で一身に尊崇を集めてきたが、実は彼女には、ずっとパン屋になるという夢があった。堅苦しい大神殿を抜け出し、聖都で一番おいしいと評判のパン屋に弟子入りするという野望を抱いている。

あとはどうやって引退するかと考えあぐねていたところ、何者かに毒殺されてしまった。

とあるティータイムのお茶の中に、毒物が混入していることに気が付いたのだ。

一口飲んですぐさま死に至る毒だと喉《のど》を焼く熱でわかったが、そのまま飲み干した。

犯人は大聖女の死を望んでいる。

誰《だれ》かに死を望まれているという事実に、心底どうでもよくなった。今の地位に執着などない。誰がなってもいいとさえ思っている。

望む人がいるならぜひとも譲ろう——。

女神の加護の力は万能だ。

余程のことをしない限りなかなか死ぬことができないし、毒を飲んだところで爛《ただ》れた喉を瞬時に癒《いや》して、解毒の時間をコントロールすることだってできる。

本能でそう算定した少女は、致死量ギリギリまで毒を分解して己を仮死状態にした。

この国では亡くなった人を、一日は霊安所に置いておく決まりがある。それは女神の審判と呼ばれる時間で、下界にまだ必要と判断されれば生き返るとされているからだ。女神との対話を邪魔してはならないため、その間部屋には誰も入れなくなる。

翌朝には葬儀を行い土の中に埋められてしまうので、夜の間に目を覚ませば問題ない。

計算通り仮死状態になった大聖女は、霊安所の棺桶の中でひっそりと目を開けた。

すると真っ暗な視界に、猫の鳴き声――大聖女である少女の耳には盛大な文句――が聞こえた。

『そちは、いつまで寝ておる？　はよ起きよ。わらわは退屈じゃ』

「うるさいですわよ、モモ！」

がたんと棺桶の蓋《ふた》を開けて、少女はむくりと起き上がる。

体がしびれているような気がする。ずっと硬直していたからだろうか。

躊躇《ちゅうちょ》なく、さっと治癒を己に向けて祈る。すると、違和感はすっかりなくなった。

そして、顔にかけられたヴェールをむしりとる。

「棺桶の中ですけど、起きてすぐですから挨拶《あいさつ》くらいさせてくれませんか？　ほら、こんばんはとか、ごきげんようとか」

『呑気《のんき》なことよ。そちがなかなか起きぬからじゃ。このまま土の中で暮らすのかと思うたぞ』

「そんなはずありませんわ。野望があると話しましたでしょう？」

『おお、そうじゃ、そうじゃ。はよ、そのおいしいパンとやらをわらわに差し出すがよい』

「今が何時かわかりませんが、起きたばかりの私に言われても困ります。まずはここから逃げ出さないと」

『これだけ手間をかけてもまだかかると？　難儀なことよ』

「どこにパンを用意できる時間がありました？　大体作り方を知らないから教えを乞《こ》いに行くのです。とにかく、野望の前には困難という壁が立ちふさがるものなのですわ。文句を言ってはいけません。まずは棺桶が空っぽになっていると怪しまれますから、偽装工作をしないと」

パン作りの前に、自分の死を装って逃げ出す。なんと遠大な計画だと思わなくもないが、小さな一歩でも前に進んだことは間違いない。

体についた花を払いのけて、よっこいせと棺桶の中から這《は》い出た。

祭壇の上に置かれた棺桶の周囲にはろうそくの炎が揺れている。棺桶の正面には果物から主食の麦から金銀の聖杯から宝石まで、捧《ささ》げ物《もの》がたくさん並んでいた。天に召された後、女神の御前に参れるようにといくつかの服も置かれている。

思っていた通り、部屋の中には誰もいない。

敬虔な女神の信徒が大聖女の復活の邪魔をするわけがないのだ。

「さあ麦を詰めて、棺桶に蓋をしてここから出ますわよ」

少女は銀色の毛色の愛猫に、にっこりと微笑《ほほえ》んだ。

――次の日、やはり大聖女は死の淵より目覚めることはなく。棺桶の蓋が開いて姿を見せることもなく。大勢に惜しまれながら、埋葬された。

聖都のみならず、国中が涙に包まれた。寄り添うように、大神殿の鐘楼の弔いの鐘がいつまでも厳かに鳴り続ける。

そんな中、大聖女が常に可愛《かわい》がって傍《そば》においていた愛猫の姿がひっそりと見えなくなったが、気に留める者は誰もいなかった。

第一章　パン屋でこんにちは

聖都サンタリカの大通りから一本中に入ったやや外れた場所に、一軒のパン屋――デリ・バレドはある。

レンガ造りのこぢんまりとした清潔な店内には、いつも焼きたての香ばしいパンの匂《にお》いが立ち込めていた。通りまで漂っているほどだ。

匂いにつられて扉を開けば、店の一番奥の壁に『幸福のお手伝いをするパンをお届けします』と書かれた看板が目に飛び込んでくる。店を開いた先代の格言である。

その言葉通り温かみと優しさの詰まったパンが、備え付けの棚一面に並んでいた。

現店主は筋骨隆々の厳《いか》めしい親父《おやじ》だ。彼の作るパンは、本当に本人が作っているのかと疑いたくなるほどにおいしい。繊細できめ細かい、ふっくらと柔らかなパンなのだ。

その評判は、平民のみならず貴族からも愛されるほど。

専属にならないかと王侯貴族に所望されるも、頑固親父は決して首を縦に振らず。ではレシピを教えてくれないかと乞われても無言で追い出す。ただその日のパンを焼き続けて、店にやってくる客に売る。それだけだ。

小柄だが威勢のよい妻と二人で、店を切り盛りしていた。

そこに一年ほど前から、可愛い少女が働きだした。

弟子は取らない、門外不出のパン焼き技術は自分で最後だと豪語していた店主のもとに、ある日ふらりとやってきて、店の前で一週間土下座し続けてようやく弟子の座を獲得した剛の者だ。

朝露に濡れた花びらを思わせるかのような銀紫の髪に、同じ色の瞳をした神秘的な少女は、小さな顔に目鼻がバランスよく配置された愛くるしい顔立ちをしている。だが可愛い見かけに反して頑固親父を遣《や》り込める胆力に、客たちは拍手喝采《かっさい》した。

今ではすっかり看板娘になっている。

女神の色とされる銀の毛色の猫をペットにしており、黄色の頭巾《ずきん》を頭から被《かぶ》ってゆるく編んだ銀紫のおさげを揺らしながら、真っ白のエプロンにも負けない眩《まぶ》しいほどの笑顔で愛らしく客を出迎えてくれる。

こうして聖都のパン屋デリ・バレドは、今日もいつもと変わらぬ賑《にぎ》わいをみせていた。


カランと入り口の扉に取り付けた古びた鈴の音が鳴る。

焼き立てのパンを棚に並べていた少女――アリィは顔をあげて、笑顔を向ける。

本日も看板娘は絶好調だ。

「いらっしゃいませ！」

「アリィちゃん、今日のお薦めはどれかしら」

常連の初老の女性は慣れたように手持ちの籐《とう》で編んだかごを差し出すと、ウキウキと問いかけた。

そのかごを受け取って、アリィは先ほど並べたばかりのパンを示す。

「こんにちは、モンバル夫人。こちら、ちょうど焼きたてになっていますよ。親父様の新作で、今朝採ってきた野ベリーをふんだんに使った、少し甘めのパンになっています」

「あら、おいしそうね。甘い香りにも惹《ひ》かれるわ。じゃあそれを五個と、いつもの丸パンを十個ほどちょうだい」

「はーい。すぐお包みしますね」

「アリィちゃんの手作りパンはまだ並ばないの？」

夫人は棚を眺めて、期待に瞳を瞬かせた。

常連客は皆、看板娘の焼いたパンを心待ちにしてくれている。アリィがどれほど厳しいパン修業を受けているかを知っているだけに、応援してくれているのだ。

「まだ一年ですから、毎日学ぶことばかりですよ。親父様の足元にも及びません」

「そうなの。パン作りは難しいのね」

「でも、今度のパン・フェスタには一つだけパンを焼いてもいいって言われたんです。だから、すごく楽しみにしているんですよ」

聖都で一年に一度だけ、国中の名だたるパン屋が広場で出店するパン祭りが開催される。参加できるのは厳しい審査を通った店だけで、デリ・バレドはもちろん毎年参加している。

並べるパンは三種類。なのにそのうちの一つをアリィが焼いていいと義父が約束してくれたのだ。おそらくこの評価で、今後アリィの作ったパンが店頭に並ぶかどうかが決まる。絶対にその栄誉を勝ち取るとアリィは意気込んでいた。

「まあ、よかったわね。ぜひ、買いに行くわ」

「ありがとうございます。そういえば、卵パンはよろしいのですか？」

「それが、卵パンが好きなのはうちの旦那《だんな》なのだけれど、ほら、もうすぐ大聖女様が亡くなって一年が経《た》つでしょう？　一周忌の準備で全然家に帰ってこられなくて。だから、今日は大丈夫よ」

モンバル夫人の夫は確か大神殿に勤めていた。

なるほど、大聖女の一周忌など、目の回る忙しさだろう。

遠い記憶を引っ張り出しながら、アリィは納得した。

「そうですか。では、こちらで二千百リカになります」

「はい、はい。また、あの人の仕事が落ち着いたら、卵パンを買いにくるわね」

お金を受け取って、かごに品物を詰めて渡せば夫人は満足そうに微笑んだ。デリ・バレドのパンは客を笑顔にする魔法のパン――――それが売り込み文句である。店の創業者である先代の、幸福のお手伝いをするパンという格言から派生している。

アリィは今の仕事にやりがいを感じていた。

パン屋になりたいと思わせてくれたパンは、デリ・バレドのパンだった。その憧《あこが》れの店で働けて、パン作りにまで携われているのだから。

「ありがとうございました！」

「どの面《つら》下げて帰ってきたぁぁぁっっ！」

アリィの声と腹の底から出したような重低音が重なった。

大仰にのけぞった夫人が、恐る恐る問いかけてくる。

「……あら。ご主人、何かあったのかしら」

「どうしたんでしょうか？」

店から厨房《ちゅうぼう》へと続く扉を見つめて、アリィは夫人と顔を見合わせてしまった。

パン屋の店主であるバルカスはとにかく厳めしくて恐れられている。だが基本は無口だ。声を荒らげることは滅多にない。

だというのに店が震えるほどの大声を出すなんて余程のことである。

バルカスの妻が、なんとか宥《なだ》めている声も聞こえてくる。

様子を窺《うかが》っていると、銀の毛色の猫がピョンと駆け込んできた。

「あらあら、モモちゃんもビックリして逃げてきたのじゃない？」

『あの親父がうるそうて敵《かな》わん。そちがなんとかしてたもれ』

「いやいや、親父様のお怒りを静めるのは難しいですわよ」

「そうよね。アリィちゃんもここにいた方がいいんじゃない？」

猫のモモに告げた言葉は独り言だと思われたらしい。モンバル夫人は心配げに眉《まゆ》を寄せた。

アリィもその通りだと思ったが、現実は甘くはなかった。

「俺たちには娘ができたんだ、貴様なんぞさっさと夢中になった女のところへ帰ればいいっ。二度と家の敷居を跨《また》ぐな！」

大音声で告げたバルカスの言葉に思わず頭を抱える。

娘ってもしかしなくても、私ですよね？

アリィは元大聖女だ。

一年ほど前に毒殺されそうになったので、全力で犯人の思惑に乗っかって死んだふりをして、大神殿から抜け出したのだ。

そのまま朝一番に聖都のパン屋デリ・バレドに押し掛けて弟子にしてくれと懇願した。来る日も来る日も店の前で土下座を繰り返す少女に根負けしたバルカスが、身内にしか教えないと言ったお陰で、アリィは単なる弟子ではなく養女にしてもらえたのだ。

だから、バルカスの言う娘とは自分のことを指しているのは間違いない。

ちなみに偽装工作はうまくいったようで、次の日には第八十九代大聖女は亡くなったと大神殿が発表した。これで捜される心配もなくなったので、パン屋の義娘《むすめ》として立派に生きていくと心に決めている。

「娘だあ？　母ちゃん、子どもを産んだのか⁉」

おろおろした様子のモンバル夫人を丁重に見送ってから厨房に顔を出すと、厨房に立つバルカスと裏口の間に誰《だれ》かがいるようだ。声の感じから若い男のようである。成人して数年しか経っていないほどの。

その前に立ちふさがっているバルカスの筋骨隆々な体のせいで、僅《わず》かに青年の碧《あお》い色の髪しか見えず、詳細は不明だ。

「相変わらずバカなこと言って……そうじゃなくて、父ちゃんね、弟子をとったんだよ。その子を養女にしたのさ」

バルカスの隣に並んだ妻のナルシャが、呆《あき》れたように説明した。

戸籍のないアリィを弟子として受け入れてくれただけでも十分なのに、わざわざ市民権を買って養女にしてくれたのだ。市民権を得るには百万リカほどのお金がかかる。いくら繁盛しているといっても、しがないパン屋がポンと出せる額ではない。それなのに、惜しむことなくアリィのために払ってくれた。それだけでも感謝の気持ちでいっぱいだ。

つまり、今はアリィ・タンバールが元大聖女の正式な名前になっている。

「養女だって？　こんな偏屈親父に付き合える奴《やつ》がいるのか」

訝《いぶか》しむ青年に、強面《こわもて》のパン屋の店主を怖がらない娘がいるとは確かにすんなり思えないだろうと、うっかりアリィは頷《うなず》きかけた。

しかし、先ほどからどこかで聞いたことがある声のような気がしてならない。

だがアリィにパン屋の知り合いなどいない。しかもバルカスを親父、ナルシャを母ちゃんと呼んでいるということは、出て行ったきり戻ってこないと噂《うわさ》の放蕩《ほうとう》息子だろう。惚《ほ》れた女を護《まも》るために聖騎士になりたいと、四年ほど前に家を飛び出していったと聞いている。

ますますそんな知り合いに心当たりはない。

「現にいるんだ。可愛い義娘だ。もうお前なんか息子でもなんでもない。さっさと出ていけ！」

「新しい娘ができたって俺が息子であることに変わりはないだろうが。そもそも、俺だって帰ってきたくて帰ってきたわけじゃない。追い出されたんだ！」

「そんなお前の都合なんぞ知るか。だから、女にうつつを抜かすなんて阿呆《あほう》のすることだと言っただろうがっ」

「女、女って、大聖女様に対して失礼だろうがっ」

「ふん、その大聖女様が亡くなって一年になるっていうのに、戻ってこなかったバカ息子が何を言うかっ。大方聖騎士にもなれずに、フラフラしていたんだろうが」

え、彼が追いかけていた女というのは大聖女だったのか。

アリィは息を呑《の》んだ。

つまり、彼は大聖女を護る聖騎士になるためにパン屋を継がなかったということだ。

彼の現状が突然アリィに関係してきて、冷や汗が流れる。

だが、大聖女は常にヴェールを被り、丈の長いローブを纏《まと》っていた。肌の色すら知られていない。

大丈夫だと言い聞かせる。

けれど、その努力もあっさりと裏切られた。

「大聖女様付きの近衛《このえ》だったから喪に服せと待機させられてたんだ。体のいい謹慎だよっ」

「‼」

大聖女付きの近衛には十人の聖騎士がつく。さすがに顔と名前くらいはわかる。

碧色の髪は深い空を思わせる色。瞳《ひとみ》は満月を思わせる柔らかい琥珀《こはく》。父譲りのきりっとした目元に、母譲りの柔らかな薄い唇のすっきりとした顔立ちは、いつも活気に満ちていた。

初めてこの夫婦を見た時に誰かに似ていると思ったのは、間違いではなかったらしい。

アリィは思わず心の中で叫んだ。


——ミリアルドだっ！


聖騎士ミリアルド。

神殿では名字を使わないため、彼がこのパン屋の息子だとはさすがにわからなかった。

十五歳という最年少で聖騎士になった男で、今年十八歳になる。

一年足らずで大聖女付きの近衛になったことからもその実力はお墨付きだ。

天才的な剣の腕前で、十四歳から修行して僅か半年で師匠を倒したと豪語する猛者《もさ》でもある。

大聖女にとにかく心酔しており、いつも憧憬《しょうけい》を超えた、崇拝すらぬるいと言わざるをえない熱視線を向けてきた。

少々落ち着きがないところもあるが、大聖女を護るという熱意にかけて右に出る者はいないと評されていた。

護衛中は大聖女付きの近衛といえど、話すことはほとんどない。だが、彼のそんな評判だけは、大聖女付きの女官が面白おかしく教えてくれていたのだ。

「当面は家にいることになったから」

「だけどね、部屋がないよ。あんたの部屋は、もうアリィのものだ」

「なんだ、それ？」

バルカスの横を無理やり通り抜けてきたミリアルドとアリィの目が合う。

不機嫌そうに細められた瞳が、真ん丸に見開かれた。アリィは内心びくりとする。

いや、彼は大聖女の容姿を知らないはずだ。バレることはない。

堂々としていれば、きっと切り抜けられる！

「た、ただいま、ご紹介に与《あずか》りましたアリィと申します」

ぺこりとお辞儀をすると、彼はしばらくぼんやりとしていたが、はっと我に返った。

「こ、こんな娘どっから連れ去ってきやがったクソ親父《おやじ》⁉」

「誰がクソ親父かああっっ」

バルカスの拳《こぶし》が炸裂《さくれつ》して、ミリアルドは外へと吹っ飛んでいった。

「ああ、帰ってきて早々に騒々しいったら。アリィ、悪いけどお隣さんたちに説明してきてくれるかい？　バカ息子が戻ってきたってね」

「え、え、え？　あの、止めなくて大丈夫なんですか」

「いつものことだから。喧嘩《けんか》ばっかりなんだよ。本当に似た者親子で困ったもんだ。パン屋ってパン種捏《こ》ねてるから、腕力だけはあるんだよ。体力仕事だから力も有り余ってて。しばらく放っておけば静かになるから」

外からは怒号が聞こえている。ミリアルドの歯向かう声もするので、確かに彼は無事なようだ。

周囲に人が集まってきている気配もする。

ざわついた様子が店の中まで伝わってきた。

「タンバールさん、息子さん帰ってきたの？」

表の店の入り口から常連客が入ってきてのんびりと声をかけた。

ナルシャはそちらの対応のために、店に出ていく。

「あら、サンカさん。いらっしゃい。うるさくしてごめんねぇ。久しぶりに会ったもんだから喜んではしゃいじゃって。今日は何にする？　こっちの白パンがおすすめだけど」

「息子さん戻ってくるのって四年ぶりくらいでしょ。元気そうでよかったじゃない。すっかり大きくなって見違えちゃったわよ。じゃあ白パンもらおうかしら」

「父ちゃんに似て体は大きくなったけど、相変わらずバカで元気すぎるわよ。お宅のジエットくんのほうが賢くて落ち着いてて羨《うらや》ましいわぁ」

「あの子も最近は反抗期でろくに口もきかなくなっちゃって！　会話があるだけ良いわよぉ」

和気あいあいと話す女性陣の声を聞きながら、アリィは唖然《あぜん》とした。

喜んではしゃぐ？

誰が？

まさか、あのバルカスのことだろうか。それともミリアルドのことか？

自分の近衛の聖騎士の性格は把握していたつもりだ。

落ち着きはないが、熱意があって大聖女に過度な理想を抱いている妄想癖の強い男。だが護衛の仕事には全幅の信頼をおいていた。意外と仕事中は冷静沈着で周囲を観察できる広い視野を持っている。それがアリィから見たミリアルドの評価だった。

だが今は親子喧嘩の真っ最中。

裏口の開いた扉から窺えば、裏通りとはいえ往来の視線を集めてばったばったと暴れまわっている。彼がこんなやんちゃな一面を持つなんて大神殿にいた時には想像もできなかった。その上、口も悪い。

『わらわの今日のおやつはまだかえ？』

茫然《ぼうぜん》として成り行きを見守っていると、アリィの足元にやってきたモモがなあーうと鳴いた。

「へぇ、一年前に来たのか。よく、こんな頑固親父がやってるパン屋に弟子入りしようと思ったな」

「自分の家のパンを貶《けな》すなっ」

「うるせー、俺はクソ親父を貶したんだっ」

「あんたたち、食事中は静かに食べるもんだよ！」

店を閉めて夕飯の席につけば、いつもは物静かな食卓が一変した。

一人増えるだけでまったく別の家庭に紛れ込んでしまった違和感が半端ない。

いや、きっとアリィが知らなかっただけで、これがいつものタンバール家の景色だったのかもしれない。

「デリ・バレドは素晴らしいパン屋ですわ。私、初めてここのパンを食べて魂が震えたのです。こんなにおいしいものがこの世にあるだなんて、知らずに生きてきたことを後悔しました。食べ物で人の幸福のお手伝いができるとは考えもしなかったんです。ですから、ここで働けて、お客様たちの笑顔を見られるのが楽しくて仕方がないんですよ」

アリィは六歳で聖都に来た。故郷は貧しかったが、大神殿ではきっちりと食事が出た。おかげで空腹を感じることはなかったけれど、楽しい食事かと言われれば否定するしかない。

与えられた自室で決まった時間にきっちりと出される食事は、まるで味気のないものだった。温かさもなく、冷めたパンやスープを啜《すす》る。誰かと一日の出来事について会話をすることもない。

だが、とあるきっかけでアリィはデリ・バレドのパンを食べた。あまりのおいしさに泣きながら食べたことを今でも鮮明に覚えている。

アリィがにこにこと答えると、隣にいたミリアルドはくすぐったそうに目を細めた。

テーブルを挟んだ向かいでバルカスがウンウンと頷いている。

「知ってるだろうけど、バレドは祖父《じい》ちゃんの名前なんだ。祖父ちゃんの愛したパンを売るのが、この店なんだ。パンを売って人を幸福にする手伝いをする。それが祖父ちゃんの口癖で……そうか。そう言ってもらえると、うん、お前は俺の義妹《いもうと》だって思えるな。よし、今から俺がお前の義兄《にい》様だ！」

デリ・バレドを最初に開いたのはバレド老だと、アリィは弟子入りして最初に聞いた。しかも、バレド老はナルシャの父で、バルカスは婿入りだそうだ。

そうしてパン作りのイロハとパン屋の意義を叩《たた》きこまれたらしい。

――人々の生活に寄り添って、幸福のお手伝いとなるようなパンを届けること。

だからバルカスは王侯貴族の専属にもならず、レシピだけでは幸福の手伝いにならないと他人に教えることを拒んで、店を訪れた客だけに平等にパンを売った。

それとは別に、弟子を取らなかった本当の理由は、放蕩息子が帰ってきた時に居場所がなくならないように、との親心だったそうだ。バルカスはそのことをミリアルドに言うつもりはないようだけれど。

「出ていったお前が偉そうに語るなっ」

「すぐに手を出すな、この暴力親父！」

頭を叩かれたミリアルドが盛大に顔を顰《しか》めた。

とにもかくにも、彼がパン屋を嫌いになって家を飛び出したわけではないことがわかって安心した。

こんなに素敵なパン屋を捨てるだなんて、どれほど愚かな息子かと思っていたからだ。

しかしその原因を作った女、というのが大聖女《じぶん》だとは思わなかったが……。

「あんたたち、食事中の喧嘩はやめろって言ってんだろ！」

そんなナルシャの一喝もどこか温かい。

アリィは、そうしてにこにこと夕飯のパンを頬張《ほおば》るのだった。


第八十九代大聖女の公式プロフィールは、以下のようなものだ。

朝露に濡《ぬ》れた花びら色の髪に、神々しさを感じる瞳を持つ美貌《びぼう》の少女。

年齢は十六。

この国で十六歳は、成人と見なされる。

子どもの終わりと大人の始まり。

大聖女は一番若い大人であり、一番老いた少女ということだ。永遠の乙女、そういう意味である。

歴代の大聖女も同様だ。アリィの一存でその常識が変わるわけもない。

何年経《た》っても十六歳として紹介される。それこそ、村を出て大聖女として大神殿にやってきた六歳の時から。

六歳が十六歳と宣《のたま》うのは無理があるのでは？　と言うなかれ。大聖女は真っ白なヴェールを頭から被《かぶ》り、丈の長いローブをまとって着座しているため身長もわからない。髪の色も肌の色すら人目にさらすことはない。声すらも滅多に出さない、お飾りのお人形のような存在だ。ただ大聖女として力を行使するだけ。

趣味は女神に祈りを捧《ささ》げること。特技は女神への賛美歌を歌うこと。

いつもいつも、アリィは思っていた。

それって何色の髪で何色の瞳でもよくない？

幼女でも老人でもいいよね？

趣味や特技は大聖女の仕事を語っているだけでは？

実際、今年でようやく公式プロフィールに年齢が追いついたが、もはやどうでもいい気分だった。

結局、大聖女という地位につく女性がいれば誰《だれ》でもいいということだ。声の高い男性でもいけるのでは、と疑ってもいる。

しかもアリィは、神聖魔法が使えない。ただ、そうなればいいと思って祈るだけだ。それがなぜか大聖女の力として認められただけである。

聖女であれば大なり小なり女神の加護があり力が使える。まったく使えない聖女もいるが、それは貴族令嬢がただの行儀見習いとしてやってくるからだ。

つまり、誰がやってもいい。アリィじゃなくても一向に構わないわけで。

そんな疑惑は不信に変わり、毒を盛られて決定打となった。

だから大神殿を飛び出した。

聖都一と呼ばれるパン屋に、幸福になるためのお手伝いを謳《うた》うパン屋に、弟子入りするために。

あれから一年経ったが、新たな大聖女が見つかったという話は聞かない。

それでも世界は問題なく回っている。

アリィもパンを捏ねられるようになってきた。

だから安心していたのだ。

「大聖女様が身罷《みまか》られて、大神殿は変わってしまった。いや、本性を現したのか。あれほどの力を持つお方だ。数々の奇跡を起こしてきたというのに、そんなあっさりと身罷られるなんて信じられるわけがない。一番近くでそれを見てきた我々近衛《このえ》なのに、どれほど訴えても誰も聞く耳を持たなかった……無駄に一年謹慎させられて、なんと俺は不甲斐《ふがい》ないのか！」

滔々《とうとう》と語って三本目の酒瓶をすっかり空にしてしまう。

自分ではない。義兄となった男が、だ。

新しく兄妹になったのだから語り合おう、とアリィに宛《あて》がわれた部屋に夕食後にやってきたミリアルドは、小さなテーブルを挟んでアリィと向かい合わせに座る。持ってきた大量の酒をそのままどんと机の上に置くと次々と栓を開けていった。

これまでの経緯を語りつつハイペースで酒を呷《あお》った結果、すっかりと出来上がってしまったようだ。

「一年も謹慎されていたのですか」

「ああ、そうだ……ところで、お前の声は大聖女様の声に似ているな」

「え、そうですか？　まあ、気のせいですよ。年頃《としごろ》の女の子の声なんて皆こんなものですって」

「そんなものか……ええと、どこまで話したっけな……そうだ、レンソルの奴《やつ》が……無茶をやらかして。おかげでこのざまだ。とうとう大神殿からも追い出された」

紆余曲折《うよきょくせつ》があるにしても話が飛びすぎだ。

何がどうして、大神殿を追放だなんて。

大聖女付きの聖騎士である近衛は、基本的に大聖女が引退、もしくは身罷ったとしても、次の大聖女に引き継がれる。引き継がれなくても普通に聖騎士に戻るだけだ。

だというのに、全員が追放だなんてよほどのことに違いない。

てっきり次の大聖女が決まれば、再び近衛として彼らに護《まも》らせるものとばかり思っていたが。

大聖女は女神の神託が降りるか、女神の声がなければ教皇の名のもとに早急に聖女の中から選ばれるはずなのに、未《いま》だ空席のままだ。もしかしたらアリィを毒殺しようとした犯人が見つからないから、次を選べないのかもしれない。

「その上、大神殿の空気も悪くなり始めて……王太子殿下が、大聖女の呪《のろ》いだと……バカなことを……」

机に突っ伏したままミリアルドはすっかり寝入ってしまった。

くすーっという気の抜けた音が静かな部屋に響く。

彼がこんなふうに酔うだなんて知らなかった。

近衛は皆いつもきちっとしているイメージが強い。レンソルも同じく大聖女付きの近衛だ。金に近い赤色の髪に青色の瞳《ひとみ》をした理知的な聖騎士だ。そんな彼が無茶をやらかすなんて余程のことに違いない。

かつての婚約者であった王太子——ネオイアスを思い出し、アリィははあっとため息をついた。

大聖女は基本的に国王の妃《きさき》となる。歴代の大聖女は皆、正妃となった。そのためアリィも、当初の六歳という年齢を鑑《かんが》みて、五歳年上のネオイアスの婚約者に選ばれていた。アリィの実年齢を知る教皇がそう決めたのだ。

年頃になれば大聖女を続けたまま、彼と婚姻を結ぶ。

ネオイアスはあまり信心深くないが、アリィが持つ力の強さは理解していた。神聖魔法ではないといくら否定しても、効果が得られるのなら同じことだと嘯《うそぶ》いていた。

冷静沈着で大局的に物事を考えられる、まさに次代の王に相応《ふさわ》しい視野を持った、貫禄《かんろく》のある人物。

だというのに、大聖女の呪いだなどと、なんてはた迷惑な妄言を言い出したのか。

念願叶《かな》って聖都一のパン屋に弟子入りできて充実した日々を送っているのに、なぜアリィが大神殿を呪わなければいけないのか。

そんな馬鹿《ばか》な話がある？

アリィはすっかり憤ったが、冷静沈着と名高い王太子が呪いだと騒いでいるから、大神殿側は次の大聖女を選ぶことを躊躇《ためら》っているのだろう。

ミリアルドの肩に掛け物を被せながら、アリィは盛大なため息をついたのだった。


「年頃の娘の部屋へ堂々と夜這《よば》いする息子を持った覚えはない！」

朝の爽《さわ》やかな目覚めの代わりに、ドスのきいた重低音が部屋にこだました。と、同時に何か重たいものが階段を転がり落ちる音がした。

アリィの部屋は二階にあり、階段に程近い。扉を開けて放《ほう》り投げられれば、簡単に階段を転がり落ちる寸法だ。

「痛ってぇ！　朝からなんだよ、クソ親父《おやじ》っ」

「お前がアリィの部屋で寝こけているからだろうがあっ。義妹《いもうと》とはいえ、女の寝巻き姿をまじまじ眺めるような変態に育てた覚えはない！」

「はぁ？　単に義兄妹の盃《さかずき》を交わしてただけだろうがっ。何勝手にいかがわしい想像してんだよ！」

階段から落ちたはずだが、元気に叫んでいるミリアルドだ。

信じられないほどに頑強、さすが最年少で聖騎士になっただけはある。いや、冷静に考えればそこは関係ないのだが、思わず感心してしまった。しかし、盃を交わす間もなく一人で飲み干して勝手に潰《つぶ》れたのは貴方《あなた》です、とはさすがに言えなかった。

「おはようございます、親父様。早速、パンを捏《こ》ねてもよろしいですか？」

寝巻きのままアリィが廊下に顔を出せば、仁王立ちしたバルカスがいた。

「きちんと室温と天気を確認するんだぞ」

むすっとした顔をしたまま、バルカスがぼそりと告げる。

店に出すパンは彼が作るが、食卓に並ぶパンはアリィが焼く。夕食はその日に売れ残ったパンを食べることが多いが、朝と昼はアリィの焼いたパンだった。まだまだお店のレベルには及ばないが、アリィらしい優しい味わいだと認めてもらってもいる。

窓の外はうっすらと夜が明け始めた頃だ。今から作れば十分朝食に間に合う。

小麦に混ぜる水の量は、天気と温度によって変えるべしと最初に教えられた。ついでに捏ね方も変えなければならない。

しゃっきりしないと水の配分を間違えそうだ。

「わかりました。モモ、着替えたら朝ご飯の準備をしてきますね」

ベッドの端で丸くなっていた愛猫に声をかければ、階段の下にいたミリアルドが目を見はった。

「昨日から気になってたんだが、そのブサイクな猫はモモっていうのか？」

「あ、ブサイクは禁句です」

『なんと失礼なっ。わらわのどこがブサイクじゃと⁉』

モモは地獄耳だ。すとっとベッドから降りた途端、物凄《ものすご》い勢いで部屋の外へと飛び出す。なぁーうっと怒りの咆哮《ほうこう》をあげ階段の上から飛び降りたモモが、ミリアルドの顔に華麗に着地を決めた。

爪《つめ》を立てたまま。

「ぎぃやああっっ」

ミリアルドの雄叫《おたけ》びに、小鳥たちが枝から一斉に飛び立つ音が重なるのだった。

『なんと失礼な男じゃ。この毛並みの美しさがわからぬとは』

ぷりぷり怒りながら、絨毯《じゅうたん》の隅で丸くなっているモモを尻目《しりめ》に、アリィは顔中引《ひ》っ掻《か》き傷だらけになったミリアルドを見つめた。

彼は居間のソファに寝そべってお腹《なか》にクッションを抱えながら不服そうな顔をしている。

アリィがミリアルドの手当てをすることになったため、急遽《きゆうきよ》朝食のパンはバルカスが作ることになった。

「大丈夫ですか？」

これくらいの傷なら本当はアリィの祈りですぐに治せるが、そんなことをすれば正体がバレる恐れがあるので傷薬を持ってきた。

塗るタイプのもので、ヒリヒリとするが効果は抜群だ。茶色の瓶を見つめて、盛大にミリアルドは口を歪《ゆが》める。

「俺、これ嫌いなんだよ」

「でも、手当てはさせてください。モモがすみません。彼女はブサイクって言われると怒るんです」

「こんなにブ……面白い顔をしているのにか」

「面白い顔ですか、ふふっ」

面白い顔と言いなおした彼に、笑ってしまった。

モモは真ん丸な顔に三白眼の瞳をしている。きりっとしている方だと思うが、目つきが悪くて鼻が大きいせいか幾分ブサイクに見えなくもない。一般的な猫を頭から潰したような顔だと女官がぼやいていたのを聞いたことがある。モモは顔の配置よりも銀色の毛並みの美しさを誇っているので、ブサイクと言われるのが納得できないのだ。

しかしミリアルドは父親に殴り飛ばされても態度を改めないくせに、引っ掻かれるくらい猫を怒らせてしまったことには落ち込むらしい。

すっかりしょげている。

自分の愛猫の仕業であるので不謹慎だとは思うが、可笑《おか》しさがこみあげた。

「すみません、笑うところではありませんでした」

「いや、笑ってるほうが可愛《かわい》いから、笑いたきゃ笑ってろ」

薬を塗ろうとして彼の顔に伸ばしていた手を、思わず止めてしまった。

その言葉に他意はない、はずだ。

現に、ミリアルドは恥ずかしげもなく無表情のままなのだから。

だがアリィは顔を赤くしてしまった。ミリアルドの顔を覗《のぞ》き込むようにソファに座っている状態なので、彼は赤くなったアリィを不思議そうに見つめている。

無自覚って恐ろしい。

無駄に動悸《どうき》は速くなるし、動揺しているのが自分でもよくわかる。

いや、免疫がなさすぎるアリィが問題なのだろうか。

六歳から神殿に籠《こも》ってヴェールを被《かぶ》って大聖女をしていたのだ。異性に免疫があるわけもない。

だというのに、年頃の男の人に面と向かって可愛いなんて言われたのは初めての出来事だ。

婚約者である王太子と手をつないだことだってなかったのだから。

だから、動揺してしまうのは仕方のないことで！

「義妹を口説くな、この女ったらしめ！」

「痛っ、口説いてなんてないだろうが。義妹を可愛がってるだけだ。いちいち頭を叩《たた》くなよ、クソ親父っ」

「なんだと⁉」

通りすがりにバルカスがばしりと息子の頭を叩いた。すぐににらみ合いに発展する。

この親子は本当によく似ている。顔立ちというより雰囲気がそっくりだ。

「はいはい、朝ご飯ができたから食べるよっ。アリィは遠慮なく薬を塗りつけてやんな」

「え、え、はいっ。では失礼しますね。痛みがあればすぐにおっしゃってください」

「えらく上品に話すんだな。神殿言葉みたいだぞ？」

ミリアルドが今更なことを問いかけてきた。

昨日からずっと同じように話しているのに、気になったのは今なのか。

「あ、はい。私、孤児でずっと神殿暮らしだったので言葉がなかなか抜けなくて。お客様には普通に話すように気を付けているのですけれど」

神に仕える神殿では神殿言葉という丁寧な話し方が主流だ。上流貴族のような話し方でもある。

神殿は親を亡くした子どもたちの面倒も見るため、自然と皆丁寧な話し方を教え込まれる。大聖女時代何度も視察に訪れていたので、この常識は間違っていないはずだ。

「そうか、神殿暮らしだったのか……苦労したんだな。それで猫の名前もモモなのか」

「大聖女様も同じ名前の猫を愛《め》でていらしたんですよね？」

彼の傷に薬を塗りながら、指先に意識を集中させて、できるだけ痛くないように祈りを込める。

そのおかげか、あまり染みなかったようでミリアルドは屈託なく笑った。

「そうなんだよ。その猫も同じく珍しい銀色の毛並みで信じられないくらいブサイクでさ。似たような猫っているもんなんだな。大聖女様は可愛がっておられたけれど、いつも笑いを堪《こら》えるのが大変だったんだよなあ。もうびっくりするくらいにぶっさいくで！」

『わらわはブサイクではないと言うておろうっ』

いつの間にかソファ近くまでやってきていたモモがふぎゃあと鳴きながら飛び上がって、再度ミリアルドの顔に新しい傷を作るのだった。


「昼は店番で、夜はこうやってパン種を捏ねるのか」

夕食を食べ終えて風呂《ふろ》から上がったミリアルドが、ふらりと厨房《ちゅうぼう》にやってきた。

アリィがパン種を捏ねているのを見て、いたく感心している。

「デリ・バレドでパンを焼くことが、私の夢だったんです」

「そんなに惚《ほ》れこまれると、まあ嬉《うれ》しいもんだよな」

照れたようにはにかむ笑顔は、ミリアルドを年相応に見せていた。

大聖女付きの近衛《このえ》の時は無表情で、厳しい顔をして周囲を警戒していたのだ。

実家だと気が抜けるのだろう。

「今度、パン・フェスタに一つだけパンを置かせてもらえることになったんですよ」

「おお、そりゃあすげえな。あの頑固親父が認めてる証拠だ」

さすがパン屋の息子だからか、パン・フェスタの重要性を理解しているようだ。

パン屋の弟子たちにとっては登竜門のような祭りで、そこで認められれば、パン職人としても一人前とされる。何より、デリ・バレドの看板を背負ったパンを出すことになるので、アリィとしても気の抜けない思いだ。

「それで、試作品がこれです」

アリィが焼きあがったパンのいくつかをミリアルドに示せば、彼は目を丸くした。

「これは、驚いたな……」

デリ・バレドのパンは卵パンや白パンなど素朴なものが多い。

バターや牛乳、季節の果物をふんだんに使って派手に飾るパンも多い中で、厳選された素材とパン職人の技術を駆使し、パン本来の味のみで勝負する。だからこそ、根強い固定客が多数いるのだ。

とはいえフェスタに出る以上、毎度変わらぬパンのみ、というわけにはいかない。そんな中でアリィが考えたのは、これまでのデリ・バレドらしい技術を持った、けれどこれまでのデリ・バレドにはなかったパンである。塩味をベースにした、外はさくっと、中はもちっとした一品を目指した。

ただ塩の塩梅《あんばい》がかなり難しい。そのうえ、形にも拘《こだわ》った。

四角から丸型、パイ生地のようなものから、ドーナツ型、アーモンド型、思いつく限りの形に挑んだのだ。そんな種々のパンを眺めてミリアルドは感嘆の息を漏らしたのだった。

アリィの意気込みが十分に伝わる光景となっている。

「お一ついかがですか」

「俺はパンに関しては辛口だぞ？」

「はい、よろしくお願いします！」

デリ・バレドの正式な後継者は、本当ならミリアルドだ。なぜか大聖女に懸想したことになって家を出たけれど、小さい時から厨房に立って祖父と父を手伝っていたと聞いている。彼がアリィよりずっと優秀なパン職人であることには変わりない。ミリアルドは義兄であるだけでなく、兄弟子にもなるのだ。

そんな彼から、辛口だろうが助言をもらえるというのなら、これ以上の名誉はない。

びしっと思わず背筋を伸ばしたアリィは、ミリアルドを見つめた。

ミリアルドは丸い形の塩パンを手に取ると、一口齧《かじ》る。

さくっという小気味よい音が響いて、彼は味わうように咀嚼《そしやく》した。

「どう、ですか……？」

アリィの問いに、ごくりとパンを飲み込んだミリアルドは、言葉を探しているようだ。

首をひねって考えるそぶりを見せた後、うーんと唸《うな》って、出てきたのは一言。

「……うまいな」

「――っ！」

アリィは叫び出したい気持ちを必死で堪えながら、手で口を覆う。

デリ・バレドの創業者の孫にそう言ってもらえて胸がいっぱいになった。これまで必死で向き合ってきたパン作りである。何より、アリィが初めて自らやりたいと思えたことだ。

そうしてなりふり構わず行動してきた。

それらがすべて報われたような気持ちになった。

「……たった一年でここまで作っただって……？」

信じられないと言いたげなミリアルドに、アリィはにこにこと笑顔を向ける。明るくて朗らかな、一点の曇りもない笑みである。

「親父様《おやじ》の教え方が上手だからですね」

ミリアルドは眩《まぶ》しいものを見たかのように目を細めて絶句した。

「義兄様《にい》、どうかしましたか？」

「あ、いや……親父の教え方の下手さは俺が一番よくわかってるから」

「ええ？」

パン作りどころか一度も料理を作ったことのないアリィに、バルカスは最初から丁寧に細かいところまで教えてくれた。あの指導が下手だと？

おそらくミリアルドの場合、怒鳴り合いながらの指導になってしまうからだろう。

「今度のパン・フェスタに出すんだろ。なら、食べやすい方がいいだろうな。もう少し小さくしてみてもいい。それからあまり固さを出すと子どもや年寄りは食べづらいから注意しろ」

「なるほど……そうですね。もう少し工夫してみます」

今捏《こ》ねているパン種を小さくして、柔らかくなるように成型する。

「それで、肝心の親父は？　なんでいないんだ」

ミリアルドは軽く頭を振ると、厨房を見回した。

「商店街の寄り合いです」

「ああ、あの酒ばっかり飲まされるやつか」

「あれ、寄り合いって難しい話をする場ではないのですか？」

月に一、二度ある寄り合いでは組合の話し合いをすると聞いていた。

酒は関係ないのでは、とアリィは首を傾《かし》げる。

「んなわけない。ただ集まって飲みたいだけの連中なんだから」

濡《ぬ》れた髪をタオルでがしがしと拭《ふ》きながら、ミリアルドは顔を顰《しか》めた。

いつも難しい顔をしているバルカスが、億劫《おっくう》そうに出かけて夜遅くに帰ってくるので、とても大変な集まりなのだと思っていた。最初は起きて待っていたアリィも、バルカスに子どもはさっさと寝ろと言われてからは先に寝ているので、正確には何時に帰ってくるのかも知らない。純粋に大切な話し合いなのだなと感心していただけだ。

ナルシャもほうっておけと言い放っていたので、不思議には思っていたが。

するとそこで、厨房の裏口の扉が開いた。

寄り合いから帰宅したバルカスが難しい顔をして、パン種を捏ねていたアリィのところにやってくる。

「なんだよ、随分と不機嫌だな。しかも、帰ってくるのがえらく早いぞ」

バルカスが無言でアリィの傍《そば》に立つのを見やって、ミリアルドが首を傾げた。

「パン・フェスタが中止になった」

「中止？」

唸るように声を絞り出したバルカスに、ミリアルドが頓狂《とんきょう》な声で問い返した。

「あの祭りが中止だって？　アリィがこんなに頑張って試作品を作ってるのに。なんでだよ」

「小麦が高騰していて、正規の値段でパンの販売ができないからだ。とてもじゃないが、祭りなんかで売れない値段になる」

「小麦の高騰？　そんなに上がっていたら、店の営業だってままならないだろう。それに、街で値段が上がったなんて話、聞いていないぞ」

「これまではどうにかやりくりしてきたが、実はここ一ケ月ほど、なぜか大神殿が小麦を買い集めている。おかげで小麦の値段が跳ね上がってるんだ」

「大神殿が？　そんなことしてどうするんですか？」

大神殿の規模は大きいし、勤めている神官や聖女たちの数も多い。孤児院だって運営している。だからといって、急に人員が増えたとも聞いていないし、突然聖都の小麦を買い集める理由にはならない。

大神殿で一体何が起きているのか。どこかの地域で災害が起きて、小麦の配給でも考えているのか。

アリィが困惑して聞けば、バルカスは首を横に振った。

「組合長は、大聖女様の一周忌が近いのに大きな祭りを開催すべきではない、という大神殿の意向だろうと話していたが……」

「大聖女様が、そんな狭量なわけないだろうがっ」

ミリアルドが握《にぎ》り拳《こぶし》を作業台に叩きつけて怒鳴った。

「あれほど人格者でおられた大聖女様が、民の楽しみを奪うはずがない。つまり、今回のことは、大神殿の嫌がらせだ。大人しく大聖女様が亡くなった喪に服せということだろう」

「いえ、大神殿だって、そんなおかしなことを言い出す理由がありません」

アリィが否定すれば、バルカスは渋面のまま唸る。

「大神殿の思惑など知らんが、中止は決定事項らしい。すまない。せっかく、アリィのパン職人としての腕が試せる場だったのにな」

「私は大丈夫です。でも、皆が楽しみにしていたのに……」

デリ・バレドの常連客たちは、パン・フェスタに出る新作のパンを楽しみにしていた。

何より、バルカスも毎日試行錯誤して納得のいく一品を作っていたのを知っている。先代に顔向けできないようなパンを作るわけにはいかないと、アリィ以上に意気込んでいたのだ。

「新作のパンは店でも出せるからいいんだ。ただ、小麦の高騰は止めようがない。しばらくは店に出すパンの種類も減らすしかないほどなんだ」

「そんな……」

それこそ、常連客が悲しむ。

大神殿はそんなに小麦を買い集めて一体何をするつもりなのだろう。

大神殿の思惑がわからなくて、アリィはひたすらに困惑するのだった。


結局、バルカスが言う通り、次の日から店頭のパンの種類を減らすことになった。常連客は事情を説明すると納得してくれたが、寂しそうな様子には変わりない。

アリィが落ち込んでも仕方がないのはわかっているが、並んでいるパンの種類が少ないだけで、随分と物寂しくなる。

そんな時、カランとお店の鈴が鳴ったので、客にパンを渡していたアリィは入り口に顔を向けた。

「いらっしゃいませ！」

いつものように明るく挨拶《あいさつ》をするが、すぐに息を呑《の》む。

入ってきたのは背の高い男だ。簡易なシャツにラフなズボン姿だが、上品な雰囲気は隠せない。

金赤の髪を後ろで一つに縛り、落ち着いた青色の瞳《ひとみ》を持つ男は、店内に目を向けた。すぐさま、正面にいるアリィを認める。

見覚えのある顔だった。

それもそのはず、彼はミリアルドの同僚で聖騎士のレンソルだ。

今度はレンソルまでやってくるとか、本当にどうなっているのか。

今まで一度も大聖女の周囲にいた者たちとは会わなかったというのに。

「すまない。ここはタンバールの家だろうか。ミリアルドはいるか？」

「は、はい、そうです。義兄《あに》に何か御用でしょうか」

アリィがおずおずと口を開けば、レンソルは驚いたように目を見開いた。

「なんと……君の声は大聖女様によく似ているな」

「そうですか？　恐れ多いことでございます」

「ふっ、神殿言葉だな。パン屋で働く娘なのに、不思議な偶然もあるものだ。ミリアルドを兄と？　君は彼の妹か」

こくこくと頷《うなず》けば、彼はすっと目を細める。

レンソルはミリアルドと同じ頃《ころ》に大聖女付きの近衛《このえ》になっている。付き合いの長さは義兄と同じくらいだ。神経質そうに見えるが、女性や子どもに優しいことを知っている。

大聖女の仕事の一環で神殿に住む孤児たちのところに慰問に行くと、護衛の聖騎士はすぐさま子どもたちに囲まれるのだ。それでもレンソルは邪険に扱ったりはしない。ただ子ども相手にも大聖女に仕えるように丁寧に接するので、他《ほか》の近衛にからかわれていたけれど。

パン屋の店員にまで丁寧な姿勢を崩さないところは相変わらずらしい。

そして、とにかく目敏《めざと》い男であることも忘れてはならない。言葉の端々から油断ならない気配を感じる。

パンを受け取った客が顔色を失ったアリィを気遣う。

「アリィちゃん、どうしたの？　大丈夫？」

「あ、はい。義兄のお知り合いの方のようですから大丈夫ですよ。また、いらしてくださいね」

レンソルはミリアルドに用事があるようなので、さっと案内して店番に戻れば正体がバレるようなことにはならないだろう。

アリィが貼《は》り付けたような笑顔で見送ったので、客は心配して何度も振り返りつつ帰っていった。

狭い店内にはレンソルとアリィだけになる。

「申し遅れた、私はレンソル・マックイだ。君の兄の元同僚になる」

知っていますとも。アリィは頷きそうになる頭を必死で固定する。

「ご丁寧にありがとうございます。私はアリィ・タンバールと申します。元同僚ということは聖騎士の方ですよね。今、義兄を呼んできます。お袋様、義兄様のお知り合いの方が訪ねてこられたのですが」

店のカウンターの後ろにある厨房《ちゅうぼう》に向かって声をかければ、ナルシャが顔を出した。

「はいはい、ミリアルドの？　ええーと、じゃあ、母屋に案内してくれるかい、アリィ」

「はい。では、こちらへどうぞ」

店から母屋へとつながる廊下を案内すれば、レンソルはゆったりとついてきた。

廊下を少し行けば、すぐに居間へとたどり着く。

「こちらでお待ちください。義兄を呼んでまいります」

「ああ、すまないな」

部屋の中に入ったレンソルを確認してから階段を見上げれば、丁度ミリアルドが下りてくるところだった。

彼は自室を作るために物置部屋を片付けていたのだ。

「あ、義兄様。ちょうどよかった、お客様ですよ」

「客って俺にか。実家にわざわざ顔を出すなんて、どこの誰《だれ》だ？」

「レンソル・マックイ様と。義兄様の元同僚の方とおっしゃって――」

アリィが言い終わらないうちに、ミリアルドは階段を飛び降りると、部屋の扉を思い切り開けて中に飛び込んだ。

止める隙《すき》などどこにもなかった。

アリィが振り返った時には、義兄はソファに座っていたレンソルの胸倉を掴《つか》んで馬乗りになっていた。

さっと案内して店番に戻るというミッションはあっけなく失敗に終わったことになる。

「お前、どの面《つら》下げて俺のところに来やがった⁉」

「義兄様、やめてください。ちょっと落ち着いて！」

「これが落ち着いていられるかっ、このバカのせいで、俺たちがどんな思いをしたと思ってるんだ！」

いや、それはまったくアリィにはわからないが、レンソルは首が絞まっているのか顔面が蒼白《そうはく》だ。満足に息もできていないに違いない。

「ぐっ、それ……はっ……すまな……」

「謝ってすむ問題か。ぜってぇ、許さねぇっ！」

「だが、他……っに方法がな――」

アリィはギリギリと首を絞めているミリアルドが、落ち着くようにと一心に祈った。

「義兄様、ゆっくり、手を放してください」

「あ、ああ……悪い、レンソル。頭に血がのぼった」

「うっ、げほっ！　いや、こちらも悪い。お前の怒りはもっともだ」

静かに声をかければ、我に返った顔をしたミリアルドがそっと手を放した。

ソファの背もたれに体を預けて何度か咳《せ》き込んだ後、レンソルも首を擦《さす》りながら涙目でミリアルドに謝る。レンソルのシャツの襟から覗《のぞ》く首にはぐるりと赤い手形がついていた。

ミリアルドの本気が伝わってくるほどだ。

「しかし、無詠唱の神聖魔法まで使えるとは。お前の妹は声だけでなく能力まで大聖女様にそっくりだな」

「は？　何を言ってるんだ。神聖魔法だって？」

「なんだ、相変わらず魔法の気配に鈍いのか。大神殿の中の清浄な空気には敏感なくせに、お前の感覚はよくわからんな。赤猪《あかいのしし》の異名を持つ血気盛んなお前が、こんなすぐに落ち着くわけもないだろう」

なんだ赤猪って。

ミリアルドの異名に疑問を持ちつつ、アリィは首を傾げた。

女神の加護を持つ聖女たちは神聖魔法と呼ばれる魔法が使える。いくつかの種類があり、聖句を唱え女神の助力を願って使う術である。けれど、アリィはその神聖魔法が苦手というか使えないのだ。聖句一つまともに覚えられなかったほどである。

できることと言えば、祈ることくらい。

それでも同様の効果が得られるので、義兄が落ち着くようにと祈っただけだが……。無詠唱の神聖魔法だと思われていたのか。

「神聖魔法って、アリィが？　え、お前、今、俺に使ったのか」

「そんなこと、できませんよ」

ブンブンと音が出るほどに首を横に振ってみせれば、ミリアルドはあっさりとだよなぁと頷いた。

「ほら、違うじゃねぇか」

「おかしいな、そんな気配がしたんだが。まぁいい。とにかくお前に大神殿に戻る協力を頼みに来たんだが、むしろいい人材がいた」

レンソルはひとまず追及を諦《あきら》めたらしい。その代わり、ろくでもないことを思いついたようだ。

ニヤリという単語がぴったりなほどに、アリィを見て口角をあげる。

「彼女を聖女として大神殿に預けないか」

「はあ？」

「…………」

ミリアルドが頓狂《とんきょう》な声をあげたが、アリィは息を呑んだ。

いやいや、困ります。

なぜ逃げたのに、また戻らなければならないのだ。できれば二度と近づきたくない。

「アリィを大神殿に預ける？　無理だ」

ミリアルドが噛《か》みつかんばかりに吐き捨てるが、レンソルは少しも悪びれた様子がない。すかさずアリィも口を挟む。

「そうですよ、私に聖女様など務まらないと思うのですが」

逃げ出したはずの大神殿に聖女として舞い戻るとはこれいかに。アリィとしては絶対阻止すべき緊急事態だ。

ミリアルドに同調して、強めに主張した。

だがレンソルは理路整然と言い返してくる。

「君なら申し分ない。所作も問題ないし、なんなら神殿言葉なんて君の兄よりも完璧《かんぺき》だ。神聖魔法の気配も感じるから聖女としても十分厚遇されるだろう。ミリアルドの妹というので多少は警戒されるかもしれないが、向こうも人手が増えることはありがたいはず」

「ああ、大聖女様の一周忌があるからか」

「そうだ。近々人員を増強するという話も聞いている。一人くらい増えてもなんの問題もないだろうさ」

レンソルが黒い笑みを浮かべた。

横でミリアルドがはあっとため息をついた。

「そもそも、お前が暴走したから連帯責任で俺たちも処罰されたんだろうが。まだ大神殿を調べることを諦めてなかったのか」

「お前だって納得していなかっただろう。かの大聖女様が毒殺されたと本気で思うのか？」

「それは……まあ、そうだが……」

言葉を濁す義兄を鋭く睨《にら》んだレンソルは急にはっとして、アリィを見つめた。

「君は、大聖女様が毒殺されたと聞いて驚かないのか？　一般には階段から転落した事故死とされているのに」

「あ、へ、いえ、あの……一昨日、義兄から聞いていたので！」

マズい。つい普通に話に加わってしまっていた。ここは義兄が酔っ払った時に、そんなことを口走ったという体で押し切ろう。そうしよう。

なんせしっかりと毒を飲んだ記憶があるので、一般に広められている自分の死因が記憶に定着しないのだ。というか階段から落ちて即死とか、どれだけおっちょこちょいな大聖女だと思われているのだろう。その死因に周りもどうして不思議に思わないのか問い詰めたいところである。

「極秘情報だぞ？　いくら妹といえども軽々しく話すとは……」

「お前もさらっと暴露したじゃないか」

「協力してもらうからには情報を明かしておいたほうがいいだろうという判断に基づいたからだ。お前は絶対何も考えてなかっただろ」

「いやあ、アリィは聞き上手だからうっかり口が滑ったんだよ、多分。まあ、どっちにしろ頼むからには明かすんだから同じだろ。それよりレンソルこそ自分の所業を棚上げすんな。いくら毒殺に疑問を持ったからって大聖女様の墓を暴くとか……聞いた時は正気を疑ったぞ」

「え――？　なぜ暴いたのですか！」

「いや、暴く前に墓を掘っているところを見つかってしまったから、中は確認できていないんだが……」

焦って思わず詰問めいた口調になったアリィに、レンソルが落ち込んだように白状したが、そもそもの行動が問題である。

なんてことをしてくれるんだ。

うっかり棺桶《かんおけ》の中身が小麦だとわかったら生きていることがばれてしまうではないか。

一体彼はなぜそんな暴挙に出たのか。まさか、大聖女が生きていると疑っているのか。

「大聖女様への冒涜《ぼうとく》だろ！　アリィももっと言ってやれ。お前の声で言われれば、こいつも頭が冷えるだろうさ」

「本気でやめてくれ。君に言われるとさすがに罪悪感が湧《わ》く。けれど、大聖女様に睨まれたようで嬉《うれ》しくもなるのだから不思議だな。一度もご尊顔を拝することは叶《かな》わなかったから、ただの妄想になってしまうが」

「アリィ、今すぐその男から離れろ」

なぜか真顔でミリアルドがアリィを呼び寄せた。

レンソルは大聖女の近衛の中でも、とりわけ冷静だった男である。

よくわからないが、義兄の指示に従ってアリィはレンソルから一歩離れてミリアルドの傍《そば》に寄る。

「おい、待て。人をそんな目で見るんじゃない」

「慌てるってことは自覚があるんだろうが」

「まあ私のことは気にするな。それはさておきよく考えてみろ。あれだけ数々の奇跡を起こせる大聖女様を毒殺だぞ。本当か疑わしくもなる。毒だと思わせて、棺桶に入っている時に心臓を一突きにされたとかならまだ納得できるが。だから、ご遺体を調べたかったんだ。死因をきちんと究明したい」

なるほど。死んだとは思っているようだが、その死因に納得がいかないようだ。

さすが、レンソルだ。よくわかっている。実際にアリィは毒では死ななかった。死を装って逃げ出しただけだ。

その理由が、アリィが大聖女に嫌気がさしたからだとは想像もつかないだろうが。

「だからって暴いていいわけがないだろ。お前がそんな大それたことをしたせいで、俺たちは巻き込まれて全員追放だ。ぶん殴りたくもなる」

レンソルの名を聞いた瞬間ミリアルドがすっ飛んで行ったのはそういう理由だったのか。とはいえ、その罪は重すぎる気もする。

「それだけで全員追放……ですか？」

「そうだ、おかしいだろ。そもそも大聖女様が亡くなられた時も、俺たちは近づくことすら許されなかった。ご遺体も見ていない。葬儀の出席も禁止されて、部屋で謹慎させられていたんだ。外に出られたのは取り調べの時くらいだな。そんな状態が一年ほど続いて、ようやく謹慎が解けたと思ったらコイツが暴走して、神殿からの追放だ」

「私の行動はきっかけに過ぎないと思う。私たちを一年間閉じ込めて証拠が出なかったから、泳がせてみようとなったんだろうさ。だが近衛《このえ》の中に大聖女様を害する者などいるわけがない」

「墓を暴いたお前が言っても説得力皆無だけどな」

「だからそれは！　大聖女様の死因に納得がいっていないからだ。暴くことで犯人が見つかり、あの方の無念が晴らせるならと断腸の思いだったのだ。大なり小なり大聖女様には恩義を感じている者の集まりだから、私以外の近衛には実行できなかったのも激怒されるのもわかってはいたさ」

「当たり前だ！　お前の悪いところは自分が正しいと思ったら、たとえ批判されても居直るところだ」

「だが、結果的にいつまでも犯人が見つからないじゃないか。挙句の果てには近衛を疑って一年も放置だぞ。これはさすがにおかしいだろう。だから私は、神殿の上層部に犯人がいて、情報を操作しているのではないかと睨んでいる」

冷静なレンソルの状況判断は明快だ。

だが、そこまでわかっていても神殿を追放されてしまっては何もできない。

「怪しいのは聖女だ。高位にしろ中位にしろそのうちの誰かが大聖女に成り代わりたくて毒殺を企《たくら》んだのだろう。だが絶対に大神殿の上層部も関《かか》わっている。そうでないとここまでの隠蔽《いんぺい》はできないはずだ。毒を混入させた実行犯を捕まえるのは証拠がない以上難しい。だいたいは逃げおおせているか、もしくはすでに殺されているか。だが裏で糸を引いている人間は今も大聖女になる野望を抱いているはずだ。それ以外に大聖女様を弑《しい》する理由が考えられない」

いったん言葉を切って、レンソルは声を潜めた。

「同じように上層部もそう考えている者がいるから、一年経《た》っても新しい大聖女様を擁立させないまま、空席にしているのだろう。新しい相手を選んでまたも殺されたら大神殿の外聞も悪い。まんまと黒幕を選んでしまえば大聖女殺しの真相は一生闇《やみ》の中だ。上も一枚岩ではない、ということだ。だから、君には神殿に入って、聖女たちの動きを調べてもらいたいんだ」

ようやく話の本筋を理解した。ならばますます神殿に戻るはずがない。

なぜなら、アリィは死んでいないし自分を殺した相手になどまったく興味がないからだ。

「え、えと、難しいことはよくわからないのですが……私は引き受けるつもりはありませんよ？」

「大神殿が小麦を買い集めて、困っていると聞いたが？」

「なぜ、それをお前が知っているんだ」

レンソルが得意げににやりと笑えば、ミリアルドが彼を睨みつけた。

アリィは昨日バルカスから聞いたばかりだが、小麦の値段はここ最近高騰していると言っていた。そんなに噂《うわさ》が広まっているのだろうか。

「やっぱり、お前は王太子派か。市井の情報にそんな耳敏《みみざと》いなんて、それ以外考えられない」

「王太子派？」

なぜ大聖女付きの近衛が王太子派などという派閥に属しているのか、疑問に思った。

「大神殿も一枚岩ではないとレンソルが言っただろ。とにかく派閥争いが絶えなかったんだ。とくに大神殿は主教が統治すべきと主張する平民出身の主教派と貴族が統治すべきとする貴族派の対立が凄《すご》くて。大聖女付きの近衛はレンソルを除いてもちろん大聖女派だ。だがそれ以外にも教皇派やら王太子派やらと争っていて……」

「ええ？」

派閥があるなんて話を、アリィは初めて聞く。

そもそも大聖女派とは一体何をするのだろう。

「大神殿の主要な取り決めは、教皇と主教と王太子で話し合う。大抵は有効票の賛成数の多さで可決されるが、どの派閥の思惑が通るのかは重要なんだよ。もちろん、大聖女様は大神殿の思惑など関係のない方で、ひたすらに信徒の平安を祈られる方であった。だから我々大聖女様付きの近衛は彼女の心の平穏に努めるのが信条だというのに、お前は昔から大神殿をひっかきまわしていたよな」

ミリアルドがレンソルを睨みつける。

「大げさに言うなよ。私だってきちんと近衛として弁《わきま》えていたさ。ただ、王太子殿下ともつながっているというだけだ。そもそも、殿下が大聖女様を支持しておられたのだから、何も問題はないだろう」

「大聖女様を支持、ですか？」

「殿下の大聖女様への献身は有名な話だ」

「……献身？」

それは本当に元婚約者のことだろうか。

アリィが知るネオイアスと言えば、義務的に婚約者に会いには来るが、ほとんど会話をしない相手だった。嫌われているのかもしれないとまで思っていたのに、献身とはどういうことだろう。

「あの大の甘い物嫌いの殿下が、婚約者のためだけに毎回自分で菓子の買い付けに行く。大聖女様への献上品だ。無精で有名なあの方が贈り物の髪飾りだけは熱心に選んでいたし。大聖女様に乞《こ》われれば、孤児院への配給にも気を配るように大神殿に働きかけていらした。そんな細々とした涙ぐましい献身だ」

レンソルが滔々《とうとう》と語った内容に、アリィは眉《まゆ》を寄せた。

アリィの知るネオイアスとは随分と印象が異なる。

しかも甘い物が嫌い？

アリィに会いに来る度に、必ず菓子を持ってきたのは彼だというのに。

しかし、レンソルはかなりネオイアスに近しい間柄なのだろう。口調が少しだけ柔らかい。

そんな元同僚の話を、ミリアルドは鼻を鳴らして一蹴《いっしゅう》した。

「殿下の話はいらないだろ。アリィを巻き込む理由にはならない」

「大聖女派は黙した過激派って言われてる。大聖女様を崇拝するあまり、見境がなくなることも多々あった。それは大聖女様への忠誠心に溢《あふ》れ返っていたお前こそ一番気持ちがわかるだろ」

「大神殿が大聖女様の安寧を脅かすからだ」

ミリアルドは当然と言わんばかりに憤慨しているが、アリィは戸惑いしかない。

過激派とは？

レンソルはため息交じりで肩を竦《すく》めているが、本人の与《あずか》り知らぬところで随分と恐ろしい派閥が出来上がっているものだとアリィは震える。

「君は、大神殿の誰《だれ》が何のために小麦を買い集めているのか、調べたくはないか？」

「大聖女様の一周忌の前に、民衆が浮かれて騒いでほしくないからだとお聞きしましたが」

「そんなもの建前にすぎない。どう考えても誰かの思惑が絡んでいる。きっと次代の大聖女選出に関わっているはずだ。だから小麦を買い占めている犯人を捕まえれば、大聖女様の毒殺を企てた犯人に結びつくに違いない」

大神殿にいる誰かが小麦を買い集めて大聖女選出のための何かを企んでいる、とレンソルは考えているのか。

「そもそも小麦の買い占めを大聖女様のせいにされているのはお前だって我慢がならないだろう、ミリアルド？」

「もちろん、腹立たしいが。だからといって、アリィを巻き込むな！」

「パン・フェスタが中止になったのだろう？　お前の家も出店するはずだったと聞いたが」

確かに、パン・フェスタが中止になったのはアリィにとってはショックなことだった。パン職人としての、大きな一歩を踏み出せたかもしれないのに……あまつさえ、パンを作ることすらままならないでいる。

そこに大神殿の思惑が絡んでいるとなるとなおさらだ。

今さらながら、アリィの進退に深く関わる事態だとよくよく理解した。

「確かに、私は小麦を買い集めている人物を探したい。なぜそんなことをしたのかを知りたいです」

「ほら、君の妹はやはり悔しいようだぞ」

「アリィ！」

「だって義兄《にい》様、これ以上小麦の値段が上がればパン・フェスタの中止だけでなく、デリ・バレドの営業だって難しくなります。すでにパンの種類を絞って販売しているではないですか」

デリ・バレドのパンの種類が少なくなったって、おいしいことには変わりはない。

けれど、バルカスの背中が寂しそうなのだ。

このまま小麦を買い占められて価格が高騰し続けたら、店が立ち行かなくなる。そうなれば、創業者の目指す、「幸福のお手伝いをするパン」が作れなくなるどころか、店を畳まなければならなくなる。

無口なバルカスが胸の内を明かすことはないけれど、先代が掲げた看板に向かって自身の不甲斐《ふがい》なさを謝罪していたのも聞いてしまった。

アリィを義娘《むすめ》にしてまで弟子として受け入れてくれた大恩人であるバルカスが、この事態に心を痛めていないわけがない。

怪我《けが》ならばアリィの祈りでたちどころに治せてしまう。

けれど深刻な心の傷は、原因を取り除かなければ、完治させることが難しい。

「人が幸福になるためのお手伝いをするパンですよ？　不作とかでもなく、たかが大神殿のよくわからない思惑に巻き込まれて作れなくなるなんて、そんな理不尽なことがあっていいと思いますか」

アリィは、自身の胸の内に迫りくる初めての感情に戸惑った。

けれどだんだんと思いが膨れ上がっていくのを実感する。

――これは、怒りだ。

己の起伏に乏しかったアリィが、初めて明確に意識した感情だった。

落ち着けるわけもなかった。次々と湧《わ》き上がってアリィの身の内を深々と侵す。

「……たかが大神殿？　それはいいな。王家と並ぶ最高権力だが」

アリィの剣幕にミリアルドが黙り込んだ横で、レンソルはにやりと笑う。

「よし、決まりだ。君が聖女として大神殿に入れるように、取り計らおう」

「それで具体的に私は、聖女様方の一体何を調べれば良いのでしょうか？」

「もちろん、次期大聖女になりたい意思がある人物の特定とその理由だ。ご年齢が不詳とはいえ、歴代最高の女神のご加護を誇る第八十九代大聖女様がいる限り、数十年は自分の番が回ってくることがないのは明白だ。だからこそ行動を起こしたのに結果が手に入らないのだから、今頃《いまごろ》相当焦っているに違いない。いろいろとボロが出てくるんじゃないか。必死そうな相手を見つけてほしい」

神殿がアリィを死ぬまでこき使ってやろうと考えていたことくらい察しは付いている。だからこそ逃げ出したのだ。籠《かご》の鳥で、お人形のような生活には耐えられなかった。生きているのに、死んだような生活に疑問を抱いてしまった。

デリ・バレドの幸福の味を知ってしまったから。

だというのに、大神殿はアリィが自分で手に入れた幸福までをも潰《つぶ》そうとしている。

なぜ、自分を殺した（仮）犯人を、殺された（仮）自分が調べなければならないのか。こういうのは普通、他人がやるものではないのか、などと思わなくもないが、やはりアリィは小麦の買い占めをしている人物を許せそうにもない。

「一番怪しいのは高位聖女のマクステラ様だ。侯爵家出身で、神殿内での発言権も強い。本人も貴族らしい振る舞いを控えもしない」

マクステラの名前を聞いて、アリィは僅《わず》かに顔を俯《うつむ》けた。

彼女との思い出などろくなものはないけれど。

ああ、彼女が一番疑われているのかと感慨深くなる。

「聖女の任期は一年間ごとの更新制だ。一年勤めれば、家にも戻ってこられる。だから、その間だけ協力してくれないか」

「一年間ですか……？」

なるほど。大聖女の自分に帰る場所はなかったけれど、他《ほか》の聖女たちは一年で家に帰ることができるのか。アリィは目からうろこが落ちる思いで承諾しようと口を開くも、先にミリアルドが言葉を発した。

「俺は反対だ」

「聖女たちの様子を報告してもらうだけだぞ？」

「大聖女様は毒殺されたんだ。犯人を暴くような真似《まね》をして、もしアリィが危ない目に遭ったらどうする？　神殿から追放された俺は護《まも》ってやれない」

突然できた義妹《いもうと》なのに、こんなにも心配してくれている。彼は護衛の鑑《かがみ》のような男だ。懐が広くて、優しい。近衛《このえ》の時は寡黙だったが、口が悪くなっても性格は変わらないようだ。というか、寡黙だったのは上手に神殿言葉が話せなかったからだろうと今ならわかる。

決して彼は口下手ではない。口下手な人は無自覚に義妹を口説いたりなどしないはずだ。

「随分と過保護だな。かといって私には他に聖女に推せる者がいないのも事実なんだ。聖女は聖女たちの棟で生活するから、決まった女官や神官の世話役しか近づけない。彼女に聖女として行ってもらえるととても助かる」

ミリアルドがどれほど噛《か》みついても、レンソルに引く気はないようだ。

「大して調べられないかもしれませんが」

「聖女たちの情報が直接手に入るだけでもありがたい。どんな些細《ささい》な事でも構わないさ」

「わかりました。義兄様、心配してくれてありがとうございます。でも、私、やります。神殿に行きますから」

「ダメだ。親父《おやじ》だってアリィにそんなこと望んじゃいない」

「親父様のためじゃありませんよ。私の幸福の邪魔をされたからです。パン・フェスタをとても楽しみにしていたんですよ。毎日、親父様の作ったパンを売りながら、お客様の嬉《うれ》しそうな顔を見るのも話すのも大好きなんです。それをすべて大神殿に台無しにされたんですよ。パン・フェスタは中止で、いつお客様にパンが提供できなくなるかわからないなんて、そんなの御免です。私は私のために、小麦を買い占めている犯人を突き止めたいんです」

毒殺されたとて、アリィは実際のところ犯人を暴きたいという感情は湧かなかった。ただそこまでしてでも欲しいならくれてやると思っただけだ。むしろ逃げるきっかけをくれたと感謝したいくらいである。

そんな犯人捜しなど正直どうでもいい。

レンソルの提案は、都合が良かったから受け入れただけだ。

アリィとしてはただ、小麦を買い占めている人物を突き止めたい。

多少、大聖女付きの近衛が追放されたことへの罪悪感もある。彼らが優秀だというのは、傍《そば》で護ってもらった自分が一番よくわかっているのだから。

けれど何より、小麦の価格高騰を止めて、バルカスが思う存分パンを作れる日常が一日でも早く戻ってほしい。

「それに私は、とっても格好いい聖騎士である義兄様の義妹なのですから。義妹を信じてください。簡単にやられたりしませんよ」

ミリアルドの妹弟子でもあるのだから、パン屋で一年間培った腕力はあるはずだ。バルカスやミリアルドほどではないにしても。

いざとなれば、女神の加護がある。

とりあえず毒では死なないことは証明しているし、大抵の怪我なら祈りで治せる。

アリィが胸を張れば、がばりとミリアルドが抱き締めてきた。ぎゅうぎゅうと腕に力を込められる。

「義兄様っ⁉」

「危なくなったら、絶対に俺の名前を呼べ。どこにいても必ず助けに行くから」

トクトクと彼の力強い心臓の音が響いて、温かいぬくもりに包まれて、アリィは泣きたくなるほど胸がいっぱいになったのだった。

◆ ○ ◆

ミリアルドは猪《いのしし》のような男だとよく言われる。

直情型で、考えなし。ただし、直感は動物並みでとっさの状況判断は誰よりも的確だ。

十五歳で最年少の聖騎士として神殿に入り、十六歳で大聖女付きの近衛になった。近衛は一握りのエリートだ。あまりに早い出世に他の聖騎士たちからは妬《ねた》まれたが、同僚は皆、気のいい者たちで弟のように可愛《かわい》がってもらった。

なんせ仕える主人がとにかく慈悲深く物静か。争いを好まない平和主義なお方だ。その上、この世の神秘を詰め込んだかのような慈愛に満ちている。そんな主人に仕える近衛たちが争うわけにもいかない。

パン屋の跡継ぎとして育ってきた自分が剣を持つ騎士になるなど想像もしていなかったが、今の生活に後悔はなかった。

護りたかった人の傍で、呼吸ができる幸せ。

これが幸福でなくてなんだというのか。だが、ずっと続いていくものだと信じていた日々は、ある日突然終わった。

大聖女付きの近衛は十人いる。三勤務の交代制で、休日も三日に一度回ってくる。その非番が明けた日、ミリアルドの部屋に数人の聖騎士が詰めかけた。部屋から一歩も出るなと押し込められる。廊下の騒ぎを聞いていると、他の部屋でも同様の問答が起きているようだ。

説明を求めたミリアルドに聖騎士は冷たく告げた。

大聖女が毒で亡くなったこと、そして近衛に嫌疑がかかっていること。

何を馬鹿《ばか》なことを言っているのだと、初めは取り合わなかった。

あんなに素晴らしい大聖女を、殺そうと考える者などいるわけがない。もしいたとして歴代最高峰と謳《うた》われる今代大聖女が、毒ごときで死ぬわけがない。そしてその犯人が近衛の中にいるだなんてあろうはずもない。

一つも信じられる要素がなかった。

直感なんてものじゃない。それは当たり前のことで、当然の話だ。

息をするのに、空気の存在を確かめるのか？

それほど馬鹿な質問をするようなものである。

だがミリアルドは一年近く自室で謹慎を言い渡され、時折取り調べを受けた。

そんな生活の中で、どうやら本当に大聖女が亡くなったらしいと感じた。神殿の空気が違うのだ。

清浄だった空気がどこか淀《よど》んだものに感じられる。暗くてじっとりとした重いものが神殿を取り巻いている。

そうか……本当に大聖女様がいなくなったのだ、と実感して、己の不甲斐なさに頭がおかしくなりそうだった。

死んだことは信じられないが、神殿の重苦しい空気が彼女の不在を証明している。

毒殺だなんて。

彼女は苦しんだだろうか。泣き叫んだだろうか。

実家のパン屋の厨房《ちゆうぼう》で毒餌《どくえ》を食べて事切れた鼠《ねずみ》を見たことがある。苦悶《くもん》の表情を浮かべ、血を吐いて床をのたうち回っていた。彼女も同じように床に倒れ込んだのか。

鼠と彼女の姿が重なって、頭を抱えて唸《うな》る。

なぜ自分はそんな大事な時に非番だったのか。傍にいれば、少しは何かできたかもしれないのに。

無力でちっぽけで、大切な存在すら護ることができなかった。

そして、もうあの輝くような幸福な日々が戻らないと知った。

胸をかきむしるような後悔と虚脱感に、夜もろくに眠れない。

あの日の勤務はイリダとアンソジだ。彼らならば、当時の状況を知っているだろうか。知ることで、自分でも役に立つことがあるだろうか。ふと思いついた考えに、囚《とら》われた。

もうそれしか、生きている意味がないと思えた。

大聖女を殺した犯人を殺してやる。

見つけ出して、どこまでも追い詰めて。いたぶって嬲《なぶ》り殺してやりたい。

悶々《もんもん》とそう考えていた時、今度は突然の追放宣言を受けて小さな鞄《かばん》一つに詰められた私物を抱えて放《ほう》り出された。

訳を聞けば、レンソルが大聖女の墓を荒らしたというのだ。

頭の血が沸騰する音を聞いた気がした。

他の近衛たちは時間をずらして解放されたらしく、自分の周囲に見知った顔はいなかった。

大神殿前でぐずぐずしていても追い払われるだけだ。どうにか怒りをやり込め、仕方なく、四年ぶりの家に帰る。

信じられないほどに凶悪な顔をしていた自覚はある。どうやったら彼女の復讐《ふくしゅう》を果たせるのかと思いつめていたほどなのだから。ほとんど睡眠らしい睡眠もとれていない。

渦巻く感情はどこまでも重く冷たく、燻《くすぶ》っている。

やるせなさと不甲斐《ふがい》なさを煮詰めて思い詰めて。

実家の裏口の扉をいつものように開ければ、厨房に直結している光景は同じだ。驚愕《きょうがく》に目を見開いた母がいた。記憶の中よりも少し老けた気がした。だが、すぐに父が立ちはだかる。

こちらは記憶の中よりも小さくなった気がした。だが、気迫は十分だ。衰えを感じさせずに、睨《にら》んでくる。

「なんだ、その顔は」

父はどこか怒りを滲《にじ》ませて唸るように問う。

自分の不甲斐なさは実感している。けれど、父に責められると図星を指された気がして頭にくるのだから不思議だ。

「……どんな顔だろうと関係ないだろ」

随分と不貞腐《ふてくさ》れた声になった。情けなさに腹立たしさが加わる。

「店を捨てて飛び出して女のところに行ったくせに、関係ない……？」

父はくわっと目を見開いて一喝する。

「どの面《つら》下げて帰ってきたぁぁぁぁっっ！」

ミリアルドだって帰ってきたかったわけではない。すぐに復讐のために家を出る予定だ。ちゃんと物事を計画的に考えることは苦手だが。

押し問答の末に父の横を通り抜ければ、母が呆《あき》れたように告げる。

「だけどね、部屋がないよ。あんたの部屋は、もうアリィのものだ」

「なんだ、それ？」

アリィ？

聞きなれない名前に、養女にした弟子のことだと母から説明を受けた。祖父は身内にパン技術を伝えたいとずっと願っていた。それはわかっていたが、ミリアルドはパン屋よりもなりたいものができてしまった。心の隅では心苦しく思っていたので、父が許せるような弟子ができたことは喜ばしいことだと思った。

視線を感じて顔をあげれば、店とつながる入り口に立っている少女と目が合う。

薄紫の花に銀を溶かし込んだかのような艶《つや》やかな髪を左右におさげにして、黄色い頭巾《ずきん》を被《かぶ》った少女だ。瞳《ひとみ》は髪と同じく神秘的な銀紫色。真ん丸の愛らしい瞳を、こちらに静かに向けていた。

年齢はミリアルドより僅《わず》かに年下だろう。白磁のような肌は、パン種のように柔らかそうで、ふっくらとした唇は小ぶりで形よく、つんと上に向いた鼻は愛嬌《あいきょう》があって、美しさと愛らしさを備えた美少女だった。

だが、圧倒されたのは容姿だけではない。

大聖女が神殿にいた時のような清浄な空気を纏《まと》っている。さながら、彼女が店の中の空気を浄化しているかのように。

うっかり時間が止まる。

なぜか泣きたくなった。縋《すが》りついて、腕の中に納めたい。

初めて会う少女におよそ抱く感情ではない。疲れているにしても、程があるだろうに。

咄嗟《とっさ》の衝動が理解できなかった。

「ただいま、ご紹介に与《あずか》りましたアリィと申します」

ぺこりとお辞儀をされて、初めて彼女が現実に存在するという実感が湧《わ》いた。はっと我に返って、横に立つ父を見上げる。

「こ、こんな娘どっから連れ去ってきやがったクソ親父⁉」

「誰《だれ》がクソ親父かああっっ」

バルカスの拳《こぶし》が炸裂《さくれつ》して、ミリアルドは外へと吹っ飛ばされた。

「このパンうまいな」

アリィと母が夕食の用意をしている間に、食卓につまめるように用意されたパンを頬張《ほおば》って思わず声を漏らした。

向かいに座って、茶を飲んでいた父がふっと笑う。

「アリィが作ったんだ。店のパンは俺だが、家のパンはだいたい彼女が作っている」

「へえ？」

パン屋の息子であるミリアルドは、パンにはちょっとうるさい。

そもそも神殿暮らしで一番何が辛《つら》かったと言ったら、出てくるパンが不味《まず》いことだ。家のパンを知っているだけに、どうにも神殿のパンの味に馴染《なじ》めなかった。贅沢《ぜいたく》だと言われるので残したことはないが、不満は募った。

だが、アリィが作ったというパンを食べて素直においしいと思えた。

素朴で温かい。技術は拙《つたな》いが、それでもなんだかおいしい。そしてなぜか元気になるような気がする。

「技術はまだまだなんだが、いい感じになるんだよ。不思議なパンだな」

優しい瞳をして、父がぼそりとこぼす。

ミリアルドがまだ聖騎士を目指す前に、父のもとでパン職人になるべく腕を磨いていた時には一度もそんな顔をしなかった。

祖父から受け継いだ技術を渡せて安心したのかもしれない。

親不孝者だと後ろめたい気持ちはあったので、純粋に嬉《うれ》しい。

手元のパンを眺めて、もう一口かぶりつく。アリィみたいな不思議な温かさと優しさを持つパンを、じっくりと噛《か》み締《し》める。

口の中に広がった優しさを、ごくりと飲み込んだ。

彼女のパンを思い出しながら、その夜酒瓶を持ってアリィの部屋に押しかけた。どうしても眠れなくて、なんとなく気が向いたのだ。

深くは考えないミリアルドの行動はたいてい本能に従っている。

アリィは困惑していたが部屋に招き入れてくれた。

かつての自分の部屋は随分と様変わりしていた。年頃《としごろ》の少女らしい部屋になっていて、一瞬別の場所かと思ったほどだ。ミリアルドがいた頃の面影など微塵《みじん》もない。

だが様変わりした少女趣味の部屋でも彼女の傍《そば》はとても居心地がいい。空気が清らかで、癒《いや》される。燻っていた怒りを、なぜか少しも感じなかった。あれほど鬱屈《うっくつ》していたというのに。

酒を飲みながら、神殿の愚痴をこぼす。情けない姿だと今なら思えるけれど、アリィは相槌《あいづち》を打ちながら聞いてくれた。

聞き上手なところも大聖女様と同じじゃないか。

ミリアルドの主人は、決しておしゃべりではなく、常に聞き役だった。

積極的に話している相手といえば側仕《そばづか》えの女官くらいで、それもそんなに長くはない。

かつての日々を実感するだけで泣きたくなる。

その度に酒を口にしていたら、酔い過ごした。

ほとんど眠れなかったくせに、すとんと意識が落ちる。

けれど、毛布をかけられたのはなんとなく感じた。

『おやすみなさい、ミリアルド』

夢に落ちる寸前。

——崇拝する大聖女様の声を聴いた気がした。

第二章　ただいま、大神殿（涙）

クウリカ正教国は山脈に連なる高い山々の間にある渓谷から平野に向かって広がる。聖都は渓谷を流れるソイ川を真ん中に東側に平民たちが住む一般地区、西側に王城を含めた貴族地区がある。

その二つの地区をつなぐのが大通りと呼ばれる大きな通りで、都の入り口から王城までまっすぐに伸びている。その大通りから一本入った貴族地区に近い一般地区の商店街の一角にあるのが、パン屋デリ・バレドである。

そして聖都を見下ろすように北の高台の渓谷を背にして聳《そび》え立つのが、大神殿だ。九つの神殿と大きな主神殿に分けられた荘厳な石造りの建物は、いかにクウリカ正教に金があるかを物語っている。

クウリカ正教の女神は山の神である。この地では銀が採れるため、クウリカ正教は銀を女神の色とし、崇《あが》めている。女神の力の結晶であり、恩恵だと考えるからだ。

そのため銀色を持つ者は女神の加護があると見なされる。銀の要素を含む髪や瞳を持っていればそれだけで高位聖女となれるくらいに重要だ。容姿に銀を持たない者は、耳飾りや腕輪などで銀細工を身に着け補うほどである。

主神殿の精緻《せいち》な柱がずらりと並ぶホールの高い天井を見上げて、アリィはこっそりとため息をついた。

帰ってきてしまったな、という思いがひしひしと迫ってくる。

いつもはヴェール越しに見ていた景色が今ははっきりと見えているのだが、湧いてくる気持ちは感慨《かんがい》などではなく暗いものばかりだ。

ただいま、大神殿。そしてもう泣きたい。

そもそもレンソルが推薦書を作成して送ったのは五日前だと聞いている。なのにあっという間に採用通知が来て、こうして懐かしの古巣に舞い戻っている。

いや、早くない？

審査はそんなに早いものなのか。確かに犯人は早く捜せるけれど。神殿の聖女不足が本当にひっ迫しているのだなと実感した。

推薦書にはどんな女神の加護を持っているのか、どんな容姿をしているのか、などの細かい特徴と経歴、推薦者等を記載する。女神の加護については力の大小を測定する術《すべ》がないので、どんな奇跡を起こしてきたかを記入するだけだ。

アリィは今回低位聖女として神殿に入るため、髪の色を灰紫色と記載してもらい、加護については手のひらが温かくなる程度としか書かなかった。

格付けは最初の書類が極めて重要で、実際はいい加減なのである。

聖女の格によっては推薦者にそれなりの金銭が支払われるので、大抵は高位聖女であるかのように作成するものだ。書かれている内容通りに加護の力が発揮できるかは確認されるので、あまり大きなことを書くとバレるけれど、実際のところ女神の加護をどれくらい持っているかの真偽は大神殿ではわからないらしい。

レンソルのように神聖魔法の行使の気配を感じ取れる者も一定数いるが、役職や階級で定められているわけではないのでいわゆる特異体質扱いだ。

アリィも聖女たちが女神の加護をどれほど強く受けているかは感じるだけで、具体的な数値でと言われてもわからない。

アリィが記載したのは毒にも薬にもならない程度の力だが、女神の力を少なからず持つ聖女という役職は神殿にとってみればある意味都合のいい人材というわけで、すぐに書類審査が通ったのだろうということは理解した。

けれど、アリィが泣きたくなっているのは思ったよりも早い出戻りだったから——だけでなく、今は別の理由だ。

クウリカ正教国は、その名の通り宗教国家である。王もいるが権力は分散していて、お互いが突出しないようになっているものの、神聖なる女神が最初に愛した土地であり、クウリカ正教の本山でもあるのだ。

つまり、女神が愛した土地。加護のお膝元《ひざもと》。

どこまでも澄んでいて清浄であるはずのその場所に、聳え立つのが大神殿である。

金と権力の象徴と言われようが、とにかく最も清らかであるべきはずのその大神殿が、なぜか真っ黒なのだ。視界を覆いつくさんばかりの漆黒である。

ミリアルドが神殿の空気が悪く、王太子が大聖女の呪《のろ》いだと告げた話にも思わず頷《うなず》いてしまうほど。

真っ黒いこの靄《もや》の正体は――瘴気《しょうき》。人の悪意の塊だ。日頃から空気中に漂っているものだが、神殿では神聖魔法で払えるので、普通ここまで溜《た》まることはない。

アリィが大聖女だった時も朝と夕の祈祷《きとう》は欠かさなかった。祈祷は女神への感謝を捧《ささ》げるとともに、この地の浄化をすべく大規模な神聖魔法を行使する場でもある。

アリィは神聖魔法を使うという感覚がよくわからないのでただ浄化を祈っていただけだが、神聖魔法を使える聖女たちが今もそれを当然のように行っているはずだ。だというのに、この瘴気の量はどういうことだろう。一年放置した結果だとでもいうのか。

心の置いてけぼり感が半端ない。

皆の信仰心はどこへ行ったのか。

清らかって何？　神聖って知ってる？

女神もこの大神殿を見たらさすがに泣くのではないかと思うほどだ。

いや、女神は大らかだから、下界のことには興味がないかもしれないが。

しかし、一年アリィが大神殿を離れただけで、この有り様。

瘴気が溜まった場所は、人に影響を及ぼす。精神や体の不調を訴えるのだ。わけもなくイライラしたり、頭が重くなったりする。大神殿の皆は今頃、よくわからない不調で悩まされているのではないだろうか。

アリィもできれば回れ右したい。

小麦を買い占めている犯人を捜しにきただけで、大神殿の浄化まで請け合うつもりはなかった。

今朝、荷物を持って出てきた時のミリアルドの仏頂面《ぶっちょうづら》が忘れられない。レンソルのいい笑顔は腹が立つほどだ。義両親はいつでも戻ってきていいからと涙ぐんでくれた。

ああ、今すぐ帰りたい。

でも、これを放置するとアリィの視界が純粋に邪魔だ。

誰《だれ》の姿も見えなくなるんじゃないかと心配になる。

仕方がないので祈りを捧げて浄化する。綺麗《きれい》になあれと祈るだけで、あっという間に天井がクリアに見えて、満足した。

「あ、あの……、貴女《あなた》ももしかして今日からこちらで聖女の務めを果たされる方ですか？」

ぼんやりと天井を見上げているように見えたのだろう。アリィは後ろからおずおずと声をかけられた。

振り向けば、水色の髪を後ろに一つにまとめた少女が立っていた。

そばかすの散った顔は可愛《かわい》らしいが、おどおどとした態度は気の弱さを感じさせる。

簡素なワンピースに身を包んだ彼女は、小さな手提げかばんを手に小首を傾《かし》げた。窺《うかが》うような青色の瞳《ひとみ》は今にも泣き出しそうだ。

あの真っ黒い瘴気にやられたのかもしれない。

ついでに彼女の憂いが晴れるように祈っておく。

「はい、そうです。貴女も？」

「は、はい。私、カウネ・ランダと申します。あ、あのよろしくお願いいたします」

アリィが応じると、途端に彼女はキラキラとした瞳を向けてきた。

「こちらこそ。私はアリィ・タンバールです」

にこりと微笑《ほほえ》めば、少女は真っ赤な顔のまま、あのあのと悶《もだ》えた。

「お、お友達になっていただけませんかっ」

ここは聖女として働く場であって、友人を作りにくるところではない。

アリィは面食らったが、自分の人生で友人と呼べる存在がいなかったことにふと気づく。

こんなふうに友人というのは作るのかもしれないと、納得した。

「はい、よろしくお願いいたしますね」

「きゃあ、ありがとうございます！」

飛び上がらんばかりに喜んでいる少女を見ていると、なんだか心が温まった。

最初の泣き出しそうな様子はやはり瘴気の影響を受けていたのだろう。元気になったのなら何よりである。

「私、突然女神の加護があるから手伝えとか言われて、びっくりしている間にこちらに来ることになったので……本当に不安で不安で……」

「一緒に頑張りましょうね」

「はい……はい！」

きゃあきゃあはしゃいでいるカウネの様子にほんわかしていると、声をかけられた。

「貴女たちが、今日から聖女を務める二人ですか？」

いつの間にやってきたのだろう。声の方を向けば、小柄な老女が立っていた。キラリと眼鏡を光らせて、静かに問いかけてくる。

彼女は聖女たちの最高責任者でもある、高位階梯《かいてい》女官のリンゼだ。

高位の証《あかし》である純白の女官服を纏《まと》っていることからもわかる。神殿では銀色が最高位を示す色で、教皇と大聖女しか着ることのできない色だ。次いで高位階梯は純白、中位階梯は青白、低位階梯は灰色と決まっている。階梯はそのまま権力となる。

大聖女の時はほぼ縁がなかったし、対面する時もヴェール越しでほとんど言葉を交わした記憶もない。だが当時の自分付きの女官が、すべての女官と聖女から最も恐れられていると教えてくれた人物でもある。

聖女と言っても、貴族の令嬢から平民出身まで様々だ。女神の加護を使える者もいれば使えない者もいる。そもそも求められる役割が違うのだ。

女神の加護を与えられた者は大聖女候補や聖女として崇められる。加護持ちの聖女の中でも貴族令嬢、またはよほどの強力な加護持ちの平民であれば、高位聖女として世話付きの女官や護衛の聖騎士が付けられる。対して普通の加護持ちの平民の聖女は低位聖女として率先して働かされる。女神の加護がない聖女は貴族の場合で中位となり、花嫁修業の一環として神殿に預けられるのだ。

つまり、大聖女を除けば加護持ちの貴族令嬢たる聖女が一番偉く、次に強力な加護持ちの平民聖女、加護なしの貴族聖女と続き、最後に加護持ちの平民聖女となる。今のアリィたちは、新米でもあるので、序列的に最底辺にいるというわけだ。

そして集められた様々な聖女たちを監督している筆頭がこのリンゼだ。本人はどこかの貴族の出身だが、嫁に行くことのない鬱憤《うっぷん》を仕事で晴らしているとアリィの世話をしてくれた女官たちは語っていた。

要するに絶対怒らせてはいけない相手で、決して逆らってはいけないと教えられている。

彼女は瘴気の影響をまったく受けていなかった。それはよほど意志が強く、強固な人格である証だ。一言でいえば、頑固者である。

「カウネとアリィ。女神の加護持ち聖女で、平民出身。間違いはありませんか？」

アリィはカウネと目を見合わせてこくこくと頷く。神殿では基本的に家名は省略される。女神の前では人間の世界の序列など意味がないと見なされるからだ。そのわりには、貴族は優遇されるが、それは暗黙の了解というものだそうだ。

「返事はきちんと声に出しなさい」

「は、はいっ」

「はいっ」

「よろしい。私は貴女たちの責任者で女官のリンゼと申します。では、部屋に案内します。ついてきなさい」

きびきびと歩く背筋の伸びた老女の後についていきながら、なんだか死地への旅路に行くかのような気分になった。

玄関ホールを抜け、進めば高いアーチの続く回廊に出た。

左手には綺麗に整えられた中庭が見える。

「今、神殿にいる聖女は十七人です。貴女たち二人は低位聖女であり新米ですから、謙虚に勤めねばなりません。基本的には朝の礼拝から始まり、夜の祈りまでお勤めがあります。七日のうち一日だけお休みの日があり、その日は自由に過ごしてもらって構いませんが、朝晩の礼拝と祈りは忘れないようになさい。それ以外の日は奉仕がありますので心しておくように。そして貴女たちの使命は、女神様に仕え、そのご意思を広めることです。ご加護に驕《おご》らず勤勉に励みなさい」

長く伸びた回廊を歩きながら、老女は滔々《とうとう》と語る。

アリィはこっそりとため息をついた。

大聖女でいた時はそういうものだと思っていたが、パン屋で一年も働くと、神殿の生活は異常だと実感する。息が詰まるような気がした。つくづく自分は神殿生活に向いていないと思う。

「たとえば、ここの壁画を磨くのも貴女たちの勤めの一つです」

「え、この壁一面ですか⁉」

「女神様へのご奉仕です」

長い回廊の壁一面に、女神誕生から国が出来上がるまでの建国神話がモザイク絵で飾られていた。

それらは汚れもなくピカピカに磨かれている。これらも聖女の仕事の一環らしい。どこらへんが女神への奉仕なのかはまったく理解ができないが。体のいい掃除をそれっぽく言って押し付けられているだけなのでは……？

大聖女だった時は免除されていたのか、アリィはやったことがない。だが確かに誰かが磨いているのを遠目で見たことがあったような気もする。これまで壁の汚れなど気にしたことがなかったから、知らなかった。綺麗に保つことは心の平穏にもつながる。誰かの労働のおかげで神殿の清潔感が保たれていたという事実に、アリィは改めて感謝の念を覚えた。

カウネが恐る恐る問いかける。

「あの、高いところは手が届かないのですが……」

「それなりの清拭《せいしき》道具がありますから、その際にはまた説明します。あちらに見えるのが主殿です。その奥は大聖女様のお住まいです。今はご不在ですが、近寄らないように。こちらが聖女たちの住まいです。二階から上は貴族のご令嬢の住まいでもありますので、言いがかりをつけられたくなければ立ち入らないようになさい。基本的に聖女たちの諍《いさか》いに神殿は介入いたしません。ただし、罰を求められたら格付けによって相応に与えられます。貴女たちは一番下の格付けなので気を付けなさい」

加護持ちといえど平民出身だと言いがかりをつけられて、罰を受ける羽目になるということだろう。

なんて聖女の世界は恐ろしいのか。

隣にいたカウネが震えている。

こっそりと彼女が落ち着くよう祈ってみた。ここで怖気《おじけ》づいて逃げられたら、アリィは独りぼっちになってしまう。道連れは大事だ。

「今は大聖女様の一周忌準備のため、皆多忙です。貴女たちも荷物を置いたらすぐに主殿での仕事にかかってもらいますので、覚悟なさい」

アリィはパン屋に帰りたいと、切実に願ってしまうのだった。


リンゼに案内された部屋は聖女たちの建物の一階の一番手前にある部屋だった。

相部屋のようで、両端に衣装箪笥《だんす》とベッドが一つずつ、隣に机、真ん中に本棚が配置されている。入ってすぐ、部屋の中央にカウチとテーブルが置かれていて、そこが二人の共有スペースになっているようだ。

今まで一人で広い大聖女の部屋を使っていたので、相部屋というのにドキドキしてしまう。

誰かと同じ部屋で生活を共有するのは初めてだ。

「衣装箪笥に聖女の衣服が入っていますので、着替えて主殿においでなさい。わかりましたね」

リンゼは言い捨てるとさっさと部屋を出ていく。

二人になると、アリィは鞄《かばん》の蓋《ふた》を開けた。

『いい加減、我慢の限界じゃ！』

がうっと吠《ほ》えながら現れたモモは、どんとアリィに体当たりしてきた。

銀のもこもこが体当たりしてきても痛くはないが、衝撃で思わずよろめいた。

「モモが、こちらでよいとおっしゃいましたよね？」

『ものには限度というものがある！』

「わあ、可愛い！」

たしっと床を叩《たた》いて抗議してくるモモの姿を見て、カウネが目を輝かせた。

「アリィの猫ですか？　可愛いですね！」

「モモ、可愛いって言われていますよ？」

『うむ、見る目があるの。褒めてつかわす』

モモの機嫌は一瞬で直って、しっぽをご機嫌に揺らしている。

先ほどまでの不満はどこかへ吹き飛んだようだ。

「撫《な》でてもいいですか？」

「大丈夫ですが……早く着替えていかないと、怒られてしまうのではありませんか」

「そうでした！　こんなにおっかないところだとは思ってもみませんでした。もう家に帰りたい」

途端に、恐怖を思い出したのかカウネが真っ青な顔で自分を抱きしめた。

この少女はかなりの内気に見える。あまり親許《おやもと》から離れなそうな性格だが、なぜ聖女になったのだろうか。

「カウネはどうしてこちらに来たのです？」

「知り合いが神殿関係者なのですが、人手が足りなくて困っているというので仕方なく来たんです。

加護持ち聖女と言われても、私はたいしたことはできなくて。せいぜい、自分の傷の治りが早い程度です。だからずっと黙っていたんですけど、いないよりはましだからって説得されて……」

「とりあえず一年間過ごせば帰れると聞いています」

「はい、それは最初の時に言われました。一年もしないうちに新しい大聖女様も決まるだろうから、もっと仕事も楽になるって。でも、リンゼ様のあの話ぶりだと、大聖女様と聖女たちはあまり関《かか》わりがないんですね。それって大聖女様がいてもいなくても仕事の内容は変わらないってことではないでしょうか。聞いていた話と違うようですし。私、うまくやっていける自信がまったくありません」

確かに、自分もすっかりパン屋に戻りたいと願ってしまった。

聖女というのは大聖女よりも過酷なようだ。

知らなかったということは、それだけ関わりがないことを示している。

こんなことで本当に犯人捜しなどできるのだろうか。

「とにかく着替えて、行きましょう。ぐずぐずしていると、それだけで怒られそうです」

カウネは半泣きになりながら、アリィに同意した。

言われた通りに衣装箪笥を開けると、聖女の衣装が入っていた。

灰色のローブに、同じ色のヴェールだ。ローブを着てからウィンプルと呼ばれる頭巾《ずきん》をまず頭に巻き付けて、紐《ひも》で留めてからヴェールを被《かぶ》る。

大聖女はこの服が銀色になるだけで、格好は同じなのでアリィにはすっかりなじんだ動作だった。

アリィの着慣れた様子にカウネは目を丸くした。

「アリィはもともと聖女でしたの？」

「いえいえ。神殿育ちの孤児だったので、奉仕活動に来られた聖女様方に教えてもらったことがあるだけです」

「そうなのですか」

「それより、カウネの言葉は凄く丁寧ですね。平民出身とは思えないほどです」

「私をここに勧めた方から、言葉だけはしっかりと教わりました。そうでないと余計な嫌がらせが増えるぞ、と脅されたのです。それを聞いた時からとても憂鬱《ゆううつ》だったのですけど……あ、家で話す言葉は全然違いますよ」

アリィはカウネの着替えを助けつつ、彼女を連れてきた神殿関係者は、神殿の中でもそこそこ地位が上にあるのではないかと察した。

一介の神官たちがいるような人目につくところで、同僚の聖女を虐《いじ》めている姿など見せるわけもない。たいていは聖女の暮らしている神殿内の話なのに、やたら事情通なのが気になった。

「では、行きましょうか」

アリィとカウネが連れ立って主殿に顔を出すと、近くにいた神官がにこやかに声をかけてきた。

青白色の神官服は中位階梯を示しているが、茶色の柔らかそうな髪にブルネットの瞳《ひとみ》をした男は、随分と気さくだ。

「やあ、初めまして。君たちが新しく来た聖女たちかな？」

二人で頷《うなず》くと、男はますます笑みを深めた。というか先ほどから神殿言葉ではなく平民の言葉だ。来たばかりの聖女たちを気遣った彼なりの優しさだろうか。

「僕はラッセ。君たちを案内するように言われたんだ。さぁ、こちらだよ」

ついてきてと男が促すままに歩き出せば、彼はそれにしてもと言葉を続ける。

「君たち可愛《かわい》いね、よく言われるでしょう」

「え？」

「ここの聖女たちは本当に綺麗《きれい》系とか可愛い系とかばっかりでさ。目の保養に最適なんだよねぇ。まぁ、身分を忘れて手を出すとひどい目に遭うから、鑑賞用なんだけど」

「は、はあ、左様ですか……」

なんと相づちを打てばよいかわからず、アリィは曖昧《あいまい》に頷く。カウネは目を白黒させて随分と困惑している様子だ。

神官というのはこんなに聖女に対して気安いものなのか。それとも彼の性格だろうか。

大聖女の時との差がありすぎてアリィにもよくわからない。

以前は常に傅《かしず》かれていたので、会話もままならず神官たちの顔もわからなかったのだが。

「あれ、神殿言葉が上手だね」

「神殿育ちなものですから」

「そうなの？　僕は平民街出身だから、随分と苦労したよ」

今も言葉遣いはまったく直っていないが、大丈夫なのだろうか。

やはり、アリィたちへの気遣いというよりかは、気楽に話しているだけのように思える。

あっけらかんとした答えに卑屈さがない。

「名前はアリィちゃんとカウネちゃんだっけ？　なんか、物凄《ものすご》い方からの推薦状だったたって聞いたけど、誰《だれ》の縁故なの？」

「は、はあ？」

物凄い推薦状とは何を指すのか。

アリィがミリアルドの義妹《いもうと》だからだろうか。元大聖女付き近衛《このえ》が追放されたのだから、確かにいわくつきの大物とも言えよう。けれど、レンソルは義兄や自分を推薦者にせず、他《ほか》の人に頼むと言っていたから物凄い方には該当しない。

カウネは先ほど、神殿の知り合いに頼まれたと言っていたからそちらの可能性もある。

「教皇猊下《げいか》も随分と興味津々だったたって噂《うわさ》を聞いたんだけど」

アリィとカウネは揃《そろ》ってぶんぶんと顔を横に振る。

ラッセはふうんと疑わしそうに生返事をした。

「誰の縁故かは教えてもらえない決まりなんだよね。それこそ教皇猊下と一部の主教様方くらいしか知らないいんだけど。ま、いいや、ここってさあ、派閥が色々あって今陣営増やすために争っているんだよね。そんなわけで僕とも仲良くしてほしいなーなんてね」

軽口を叩いているわりには、しっかり探りを入れてきているあたりで抜け目がない。

そして、ここでも派閥の話である。

本当にアリィは隔絶した世界で生きてきたのだと実感した。

「僕、一応主教派なんだけど、主教派は平民出身で構成されているから、あんまり神殿内で立場がないんだよね。ちなみに可愛い子大歓迎だから、いつでも僕の胸に飛び込んできてね」

ラッセは扉の前で立ち止まると、にこやかに微笑《ほほえ》んだ。

もちろん、頷けるわけもない。

「あぁ、残念。ここで時間切れだな。失礼します、聖女たちを案内しました」

たいして残念でもなさそうに呟《つぶや》いて、扉をノックする。

中から入りなさいという硬い声が聞こえた。

扉が開かれると、正面に大きな机があり、真ん中に老人が座っていた。

恰幅《かっぷく》の良い男で、神官服の色は純白。神官の高位階梯《かいてい》は主教で、アリィがいた当時は七人いた。

真四角の顔はよく見れば愛嬌《あいきょう》があるかもしれないが、いつも不機嫌そうにしかめている。

彼はクウリカ正教の主教ビルオ。主教の中で最も性格がひねくれた男であり、陰険だ。教皇から一番遠い存在と言われていて、大聖女との接点もほとんどなかった。

そのため見た目の印象しかアリィは知らない。

「随分と時間がかかったものだな。平民といえども聖女となって神殿に入ったからには、女神の時間をムダにしてはならない。儂《わし》らも暇ではないのでな」

辛らつに言い放つ男は、アリィたちに新たな試練の始まりを予感させた。

次から次へと大神殿という場所は、平穏と縁遠い世界らしい。

「儂は、このクウリカ正教の大神殿で主教を務めているビルオだ。本来はここで、女神の加護の力を示してもらうのだが、それぞれ加護が弱く階梯も低位である」

ビルオは滔々《とうとう》と語りながら、舌打ちをした。

「そのうえこの時期になんとも頭の痛い者たちからの推薦だ。そんな曰《いわ》く付きの聖女を誰が担当するかで話し合った結果、忌々しくも平民出身というだけで儂が押し付けられたのだ。これだから、貴族派の連中は……っ」

苦々しげな表情を向けられなくても、言葉の端々がとげとげしい。十分に煙たがられていることは察せられる。というか、彼に隠すつもりが毛頭ない。

しかも平民言葉だ。自分たちが平民だからわかりやすく話してくれているのか、といった良い印象すら抱けない。どう考えても平民の聖女相手に取り繕う必要がない、と素の態度でいるに違いない。

「女神の前では等しく階梯だけがモノを言うはずだろうに。ことあるごとに平民とバカにしおって。挙句の果てには猊下も無言で頷かれる始末。まったくもって腹立たしい。とにかく、低位聖女と認められたからには名義上は儂が監督者となる。が、いいか。だからこそ、お前たちは分を弁《わきま》えて、儂に迷惑をかけるな！」

ダンッと握りしめた拳《こぶし》を机に叩きつけて、ビルオはぎらりと瞳を光らせた。何か問題が起きてもまったく取り合ってもらえないようだ。それどころか、自分の業務外だと無視しそうな勢いである。

話した記憶がないので、ビルオに対していつも不満を抱えている気難しそうな印象しかなかったが、こういう人物だったとは。なるほど、大聖女付きの近衛や女官たちが関わりを持たせないよう配慮してくれた理由にも頷ける。

　これは近づくだけ損をする気になる。

「聖女は今、とある事情で人数が例年より少ない。そのため、最大限に女神に奉仕するよう心がけろ。本来、大神殿に来た聖女には学びの場を一ケ月用意するが、そんな時間もないので部屋にある書物で各自自習しろ。話は以上だ。早速だが主殿の奥の礼拝堂へ向かってもらう。そこで指示を仰げ」

「かしこまりました」

アリィは最大限の礼拝でもって、お辞儀をした。

女神への御前と等しく、最も美しいと言われる礼でもある。

もちろん、最大級の嫌味を込めて。

アリィはそのまま、ビルオの反応を待たずにカウネの手をとると、さっさと部屋を後にした。


「アリィの推薦者も問題のある方なのですね」

廊下を進みながら、カウネがポツリとこぼしたあと、ため息をつきつつ続けた。

「残念ながら推薦者を明かすなと言われておりますので、私もなんとも答えられないのですが……アリィはどのような方なのですか」

「私は自分の推薦者を知らないのです。逆に、私の推薦者の何が問題なのかと不思議にはなりますが」

アリィは首を捻《ひね》る。

「私のほうは……主教様に頭の痛い相手だと言われたなんて知ったら、ショックを受けてしまいそうです。可哀想《かわいそう》で伝えられませんわね」

カウネがため息をつきつつ、ぼやいた。ビルオには頭が痛いと言われていたが、カウネの推薦者は案外小心者なのかもしれない。

実際問題、元大聖女付きの近衛の義妹《いもうと》、という部分が無視されているとも思えない。警戒されているだろうが、かといって見張られている様子もないのだ。

小娘が入ってきたところで、何もできないと思われているのだろうか。

どちらにせよ入り込めたのだから、やるしかないと腹を括《くく》る。

「ひとまず礼拝堂に行きましょうか」

大神殿が誇る礼拝堂は、月の決められた日に一般に開放されている。そのためか、ひたすらに立派さを追求した建物になっていた。

荘厳でとかく金がかかっているのは、正面に据えられた女神の巨像からも明らかだ。

銀でできた女神は慈愛を浮かべた微笑で、ホールを見下ろしている。女神の像の周囲には、歴代の大聖女たちが祈りを捧《ささ》げている石膏《せっこう》で作られた小さな像が置かれていた。

アリィが第八十九代なので、つまり八十八体の像が配置されている計算だ。そして次代が擁立されないと像は作られないはずなので、アリィの像はまだない。

緻密《ちみつ》な彫刻だが皆、ヴェールを被っているので誰が誰やらわからない。ここに来るたびに、自分は替えの利く人間なのだと思い知らされた。

石造りの建物は、すべてが白い。

柱も壁も天井も祭壇も、だ。ついでに言うなら、扉も真っ白だ。扉にはクウリカ正教のシンボルとなる女神の花が精密に描かれていて、一層厳かな雰囲気を醸し出していた。

そんな真っ白な空間の中、銀色の女神像が並んでいるのだから、わりと目に痛い。天気のいい日に西日が天窓から差し込んだ時は本当に辛《つら》い。そんな時はヴェールを被《かぶ》っていてよかったと安堵《あんど》したものだ。

真ん中には礼拝できるように、やはり石でできた長椅子《ながいす》があり、五百人ほどが座れるようになっていた。

だから馬鹿《ばか》みたいに広いのだ。

その間を縫うようにして、せっせと掃除をしている女官や神官、聖女たちがいた。皆、灰色の服だから低位階梯の者なのだろう。

「あのぅ、こちらをお手伝いするように聞いてきたのですけれど」

一番近くにいた少女に声をかければ、彼女は勢いよく顔をあげた。

「あ、今日から来るっていう聖女たちでしょうか」

「は、はい」

「まぁ、皆様、新しい救いの手が参られましたわよ‼」

アリィとカウネが戸惑っている間にわらわらと集まってくる。総勢十人ほどに囲まれて、なぜか逃げ道がなくなっていた。

皆顔色が悪く、死相が見える。今にも倒れそうだ。

「もう二週間ずっと、ここの清拭《せいしき》を命じられているのですけれど、一向に終わりが見えなくて。最初は二十人ほどでやっていたのですが、日に日に過労で倒れてしまい、ますます手が回らなくなり……私たちもいつ倒れるかわからない状態だったのです」

「そんな時に新しい聖女が来ると聞きまして……ああ、女神様は慈悲深くこうして私たちを導いてくださっている、と感謝をしておりましたの」

「二人もお元気な方がいらっしゃるなんて素晴らしいわ！」

「私たち、今にも意識を手放しそうな有り様で……」

「さ、何から取りかかります？　長椅子を磨いてもよし、床を拭《ふ》いてもよし、上級者はあの天井の煤払《すすはら》いなんてものもありますのよ！」

目が血走って、息も絶え絶えな一同に、カウネは絶句している。

アリィは、ひとまず皆を見回した。

「いくつか確認させていただいてよろしいですか。これはいつもの奉仕活動の一環ではないのでしょうか？」

「大聖女様の一周忌の下準備に当たります。そのため今は礼拝堂の一般開放も行っていないのですが、準備にそこかしこで大神殿の者たちが駆りだされていて、私たちだけでは到底終わらず、随分と進行が遅れていると毎日怒られているのです」

「ここの担当はどちらの主教様になりますか？」

「ハマン主教様とダレマカタ主教様です」

ハマンは事なかれ主義のほとんど自己主張のない男だ。大神殿の金庫番と呼ばれていて、金以外のことにはあまり興味がない。ダレマカタは権威主義なので、怒っているというのは彼の方だろう。大方、教皇に良いところを見せようとして焦っているに違いない。

「あの……これだけの広さを清めるとなるとここにいる皆様だけでは全力を出してもなかなか困難なこととお察しいたします。日頃《ひごろ》から保たれていたのでしたら、どなたか女神様の加護をお持ちの聖女様のお力で維持されていたのではないでしょうか？」

「ええ。その通りです。以前は高位聖女様方がお力を振るわれていたようです。ですが、大聖女様がお隠れになったため、高位の聖女様方は総出でその穴を埋めておられます。どうも大聖女様のお力は相当なものだったようで、高位の聖女様でもお辛い奉仕活動になっているらしく、こちらにまで到底手が回らない状態なのです」

「たしか……聖女アニチャ様は大聖女様に次ぐ力をお持ちでいらっしゃるとお聞きしたのですが、そのような方がいらしても、できないほどなのでしょうか」

アリィが訊《たず》ねた途端に、打てば響くように返ってきた答えがなくなった。

「……聖女アニチャ様は、体調不良で臥《ふ》せっていると聞いています」

沈黙を切り裂くように静かに答えたのは、隣にいたカウネだった。

「ど、どうして来たばかりの貴女《あなた》がそれをご存じでいらっしゃるの？」

「外でももう噂になっているのですか？」

聖女や神官が狼狽《うろた》える中、カウネはゆっくりと首を横に振った。

「私の推薦者が教えてくれましたの」

「貴女の推薦者は、神殿の関係者なのですね。そうなのです……聖女アニチャ様を始め、高位と中位の聖女様がお一人ずつ……聖女ノイミ様と聖女リーオ様ですわ」

「なんてこと……そんなにたくさんの聖女様方が……」

遠目にしか見ていないが、話に聞いた聖女たちは皆それなりの力を持った実力者ばかりだ。神聖魔法を駆使して浄化や治癒を行っていたと聞いている。にもかかわらず、病に臥せるとは。彼女たちであれば、寝込むまでの事態になるはずがないのにとアリィは不審に思う。

「けれど、それは偉大な大聖女様が身罷《みまか》られたためです。三人でもとても埋められなかったからだと。純粋にお力を使いすぎて倒れられたと聞いています。それほど、大聖女様は素晴らしい方でしたから」

「外に余計な心配を与えないように、秘匿しているのです」

口々に説明されて、アリィの疑念は晴れた。

純粋に力の使いすぎで倒れたのなら、しっかり休むだけで直に回復するはずだ。

「ですから上の方々も色々と大変なようです。大聖女様の突然の訃報《ふほう》に、続く高位聖女様方の体調不良でますます神殿は混沌《こんとん》として……せめて大聖女様の一周忌が無事に終わることを願っているのですが、礼拝堂の清掃ですらこの有り様なので」

皆、沈痛な表情をして肩を落としている。

どうりで大神殿が真っ黒になるほど瘴気《しょうき》に包まれていたわけだ。そんな状態では、浄化できるわけもない。

高位聖女が臥せっていて神殿から出てこないため、レンソルは聖女を大神殿に送り込みたかったのだと合点がいった。

「ちなみに最近、神殿の食事量が変わったりしましたか？　パンが増えたとか」

アリィは本来の目的である、『小麦を買い占めている者』を探そうと、動機になりそうな話を振ってみた。

だが不思議そうに見返されるだけだ。

「いいえ、そのようなことはありません。むしろ減っていますね」

「え、食事が減らされているのですか？」

「そうなのです。奉仕できる人数が減ったからとハマン主教様から厳しく必要経費を削られてしまって。実際、お布施が減ったのは事実ですし」

「大聖女様ほど女神様に愛された聖女はおりませんから。以前と同様には、とお布施を渋られる方も多いのだとか」

「それに大聖女様の喪に服す一年ですから、より清貧にと言われておりますしね」

皆口々に力ない笑みを浮かべている。

完全に抗《あらが》う気力が残っていない。

これは生きることを諦《あきら》めた者たちの顔だ。

つまり、ここでのんびりと礼拝堂の掃除をしているわけにはいかなくなった。

「わかりました。そういうことなら、ここの掃除をさっさと終わらせましょう。大体、ほとんど綺《き》麗《れい》になっていて、掃除するところなんてありませんけれど」

「え、はい？」

「どういうことでしょうか」

不思議そうに見つめられる中、アリィは彼らの後ろを示す。

「は、どういうこと……？」

「え、さっきまであんなにくすんでいたではないですかっ」

皆の目の前には、建てられたばかりと見紛《みまが》うばかりのホールの姿がある。礼拝堂中の柱も壁も床も女神像も何もかもがピカピカに輝いて、とても眩《まぶ》しいくらいだ。

実は、アリィのもとに詰めかけている間に、こっそりと浄化を祈っておいた。誰《だれ》にも気づかれることなく、周囲はすっかりぴかぴかになっている。

一同が唖然《あぜん》としている中、アリィは構わずポンと手を合わせた。

「きっと女神様のおはからいですよ。普段頑張っていらっしゃる皆様にちょっとしたご褒美ではないでしょうか」

ついでに顔色が悪くいつ倒れるかわからなかった皆に、快癒を祈っておく。腰の痛みや筋肉疲労、心身の疲弊がたちどころに回復するだろう。

「確かに言われてみれば、なんだか体がスッキリした気がしますね」

「わあ、久しぶりに清々《すがすが》しい気分だわ」

「ああ、なんて爽快《そうかい》なんでしょうか」

「今なら、なんでもできそうですね！」

歓喜し続ける者たちの中で、最初に声をかけた聖女が瞳《ひとみ》を潤ませながらアリィを見つめた。

「ああ、なんということでしょう。私にはわかりますとも。これこそ、正真正銘の女神の祝福たるご加護の御業《みわざ》ですわ。神々しく、儚《はかな》くとも美しく、見る者に幸福と慈愛をもたらす、あまりに尊い光明です。貴女は、貴女様は、偉大な神聖魔法の使い手でいらっしゃいますか？」

恍惚《こうこつ》とした瞳を向けられたアリィは真顔で答える。

「いいえ、まったく。これっぽっちも違います。大変、恐れ多いことでございます。私はこの通り、しがない低位聖女でございますわ」

目の前の聖女と同じ灰色のローブを見せつけて、神速で否定した。

聖女であれば女神の加護の力を感じ取れるのはわかっている。だがアリィからすれば神聖魔法を行使している、という実感は一つもない。

聖句を唱えてもいないし、ただ「こうなってほしい」と祈っているだけである。

「それだけのお力があって、低位聖女だなんて信じられません！　何かの間違いです。猊下《げいか》に掛け合われたほうがよろしいですわ！」

「まさしく、心身ともに漲《みなぎ》るこの力を女神のご加護と言わずになんと呼びましょう。我々も証言いたしますから、ぜひ次代の大聖女様になられてはいかがかっ」

「なんだったら、今すぐに報告してまいりますが！」

口々に告げてくる神官や聖女たちの圧が凄《すご》い。元気になってすっかり興奮している。

先ほどまでの死人のような姿よりはましだが、勢いがありすぎだ。

詰め寄られて取り囲まれれば、恐怖を感じるほどに。

カウネなどすっかり気おされて無言で震えている。

「やめてください。礼拝堂はこれまでの皆様方のご奉仕のおかげで、私たちが来た時からすでに綺麗になっておりましたし、貴方《あなた》たちが元気になったのはきっと女神様のご慈悲ですわ。それを私のお陰だなんて、おこがましいですわよ。それにこのような時期に大聖女様のお名前を出すなど恐れ多くて……勘違いも甚だしいと叱責《しっせき》されかねない行為ですわ。私は一周忌が無事に終わることだけを願っております」

ゆったりとした口調で話しながら、皆の鎮静と安らぎを祈っておく。

興奮が落ち着いて安らぎを感じれば、思考が緩慢になることは確認済だ。

穏やかでさざ波のような口調を心がければ、効果も増す。

「そうですか、とても残念ですわ」

「確かに大聖女様は偉大なお方ですから、低位聖女でなれるものではありませんわねぇ」

「ああ、とっても気持ちがいいなぁ。貴女の声を聞いていたらなんだか眠気が……」

「皆様、しばらくはここを掃除しているふりをしていただいてもよろしいですか。これまで頑張ってこられたのですから、ゆっくり休んでいても慈悲深い女神様は許してくださいますよ」

アリィはここぞとばかりにダメ押しをする。

「「「そうですよね～」」」

石の椅子《いす》に座り込み始めた皆を見て、アリィは今日の一番の目的を口にした。

「誰かが確認に来たら、終わりましたと報告してくださって構いませんから。私、少し行きたい場所がありまして、ここから離れてもよろしいでしょうか」

「ええ、私たちは清掃以外は命じられておりませんから、確認が入るまではここにいますよ。自由にどこにでも行かれてくださいな」

「カウネはどうします?」

「わ、私も残ります。ここはとても居心地が良くて、不安や戸惑いが落ち着きますから」

皆のことを祈ったので、カウネにも鎮静と安らぎがかかっている状態だ。

今にも眠ってしまいそうな様子に、そのほうがいいだろうと判断する。

神殿に来る前から相当に緊張していたようだったし、疲労もたまっていたのだろう。

「では、時間が来たら部屋へ戻ってくださいね。ああ、そうだ。一つお聞きしたいことがありまして――」

アリィはその答えを得て礼拝堂を出ると、長い回廊を通り目的地に向かって歩き出した。

アリィのこの日一番の目的――それは食事だ。大聖女時代はそういうものと何の疑問も抱かずにいたが、改めてここで暮らすとなれば由々しき大問題である。中でもパンがおいしくない。

聖都一おいしいと言われるパンを一年間食べ続けてきたのだ。肥えてしまった舌を誤魔化すことはできない。

だから、食事は誰が作っているのかと、先ほど聞いてみたのだ。

すると、基本的には食事は当番制で作り、食堂で食べるとのこと。

高位階梯と中位階梯の貴族であれば、食事は自分たちのお抱えの料理人が用意したものを自室で食べるらしい。平民と同じ空間で粗末な食事などできるかという考えのようだ。対して平民でも高位階梯であれば自室で食べることを許されてはいるものの、食事の内容は基本同じ。

つまり、大聖女であろうとも平民出身であったアリィはこの食堂の食事を食べていたことになる。

アリィは堪《たま》らず食堂に併設している厨房《ちゅうぼう》に乗り込んだ。ちなみに、場所は聖女たちの暮らす神殿と、大聖女のいる神殿と主神殿の真ん中にあるレンガ造りの建物だ。

「たのもーっ」

「はいはい、何のご用?」

食堂の扉をばあんと開けて声を張り上げると、テーブルの上を拭《ふ》いていた中年の女性が顔をあげた。

食堂を取りまとめている女官だろう。青白色の女官服は中位階梯を示している。エプロンをつけている女官がいるからすぐにわかると聞いてきたから間違いない。白いフリルのエプロンが絶妙に似合っていなかった。

「まだ食事当番の時間には早いと思いますけど。あら、知らない顔ですわね。ああ、新しく来たっていう聖女様かしら。こんなところにどうしたのです。道に迷われたの？」

「あ、いえ。新しく来たのは合っているのですが、道に迷ったわけではなく頼みがありまして。食事作りをできれば私に任せていただきたいのですが！」

あら、まあと頬《ほお》に手を当てて、女官が困ったように笑う。

「昔から当番制と決まっていますから、一人でするには難しいかと思われますわ」

「いえ、当番の方にもぜひ手伝っていただきたいのですが、できれば私のお伝えする調理方法でお願いしたいのです」

力説しているところに、キビキビとした声が割り込んだ。

「サラント女官様、今日の夕食の食材が届いたようなのですけど、どこに置きますか？」

厨房から食堂のホールに顔を出した低位階梯の女官が、声をかけてきた。昔アリィの傍《そば》にいた女官もあんな声だったなと思いつつ、大事なところで邪魔が……とイラッとした。パン屋の義娘《むすめ》になってから、アリィは少し短気になったのかもしれない。

突然割り込んだ間の悪い女官を鋭く睨《にら》み付ける。

金茶色の髪に空色の瞳をしたショートボブの美人だ。そして、彼女は中年の女官に直談判《じかだんぱん》しているアリィを見つめて固まる。

「え、だ、大聖女さ――――ふぐっ」

「やだぁ、久しぶり。なんでこんなところにいらっしゃるの、驚いちゃったわ！　ねえ、少しお話いたしましょう、ねえ、もうほんと、今すぐ、さあ‼」

アリィは光の速さで彼女の細い首に腕をかけると、空いた方の手で口を塞《ふさ》ぎ、引きずるように厨房の中を突っ切って裏口から外に出た。パン屋で一年間修業したので、アリィの腕っぷしもこの一年で上がっているのだ。昔のひょろひょろの自分ではない。

ゼェーハァーと肩で息をしながらレンガ造りの壁に女官を押し付けて、片方の手で壁に手をついて挟み込む。パン屋で義父が、嫌がらせをしてきたチンピラを店の裏手で締め上げていた時にこっそり覗《のぞ》き見《み》したのでやり方は合っているはずだ。

だが、すぐには言葉が出てこない。

驚きすぎて呼吸が苦しい。

すぅ、はぁ、と息をして口からそっと手を離した瞬間、彼女は怒涛《どとう》のように喋《しゃべ》り出した。

「大聖女様っ、ですよね⁉　こんなところで何をなさって……っていうか、生きてっ⁉　え、足、ありますよね、え、なんでこれ、夢じゃないっ！」

「いえいえ、人違いですよ。大聖女様は一年前に亡くなられたではありませんか」

惚《とぼ》けつつも彼女がこれ以上興奮しないよう祈りを込める。

「何おっしゃってるんですか、無理やり連れ出してそのわざとらしい惚け方！　それに、私に神聖

魔法を使ったとしても誤魔化せませんからね」

　確かにアリィの祈りは神聖魔法ではないが、相手の意志が強いと意味をなさないことがある。アリィは内心舌打ちをする勢いで目を逸《そ》らした。

「やっぱり大聖女様じゃないですか。そもそも私が見間違えるはずがないでしょう。何年その髪に櫛《くし》を通したと思ってるんですか。また香油もつけずに。ズボラな貴女様《あなた》のことですから髪を洗ってもきちんと乾かさなかったのでしょう。細くて絡まりやすいからあれほど注意したのに全然聞いてくださらないんですから。っていうか生きてるんだったら、どうして生きてるって言わないんですか。もうすぐ貴女様の一周忌が開かれるんですよ⁉」

「いやですわ。神聖魔法なんて使っていませんよ。そもそも神聖魔法はきちんと聖句を唱えて必要な手順を踏むことって経典に書いてあります」

　神聖魔法が一切使えないアリィは、教育係であった教皇から何度も叱《しか》られている。どうしても聖句が覚えられないのだ。貴族たちの前ではパフォーマンスが大事らしい。おかげで適当な聖句を唱えてやり過ごすようになったのだが、それもバレてめちゃくちゃ怒られた。

　以来、アリィはただ祈りだけを捧《ささ》げるようにしている。

「はいはい、そのしらじらしい言い訳も懐かしいですねっ。女神様のご加護である奇跡の力が単なる祈祷《きとう》のわけがありません。絶対に聖句を唱えていないだけの神聖魔法です！」

　なんてことだ、アリィが最も信頼している祈祷がディスられてる。

　いや、それよりも。

彼女の中では、大聖女の判断基準は髪なのか。

「勘弁してください。ミーティ、文句が多いです。それと、死んだはずの者が生きてるなんて言うわけがないでしょう」

「大聖女様が、お隠れになるのがいけないいんじゃないんですか！　わあああん、生きていてくださってよかったですううううっっ」

がばりと抱き着かれて号泣された。

滅茶苦茶だ。

だが震えている彼女の細い肩を見つめて、アリィは何も言えなくなってしまった。

ぽんぽんと背中をさすってあげながら落ち着くよう祈っていると、ミーティが顔をあげた。

「この安らぎと幸福感……大聖女様のお傍にいた時に何度も感じていました。大聖女様がお隠れになって、近衛《このえ》たちは蟄居《ちっきょ》を命じられました。事実上の謹慎ですわ。私とデラはすぐに低位階梯まで身分を落とされ、こうして厨房担当と、デラは洗濯担当に回されました」

「なんてこと……そんなことになっていたとは少しも知らなかったわ。大聖女付きの女官にひどい仕打ちを」

「最初は大聖女様を毒殺した疑いをかけられて、でした。すぐにそれは晴れたのですが、次は主犯が別にいて実行犯を疑われました。ですが、私もデラも貴女様を喪《うしな》ったショックで心神喪失状態で泣いてばかりだったため、容疑者からは外れたようですね」

「心神喪失状態って……」

「大切な大聖女様を喪ったのですよ、正気でいられるほうがおかしいです。半年くらいはずっと聖女様方に治療していただきました。神聖魔法をかけてもらって、ここ最近になって、ようやく動けるようになったのです。デラも同じで、彼女もほとんど家から出てきません」

「ごめんなさい」

心苦しくなって頭を下げれば、元傍付きの女官はしょうがないという顔で苦笑した。

「ずっとお傍にいたのですよ。大聖女様が日々、思い悩まれていたことは知っていました。ですから、今なら仕方がないことだと理解しています。ですけど、生きているなら生きていると教えてくださってても良かったのに……私たちは本当に、大聖女様が大切なのですから」

「はい」

アリィが小さく頷《うなず》くと、彼女は打って変わって怒りに拳《こぶし》を握りしめた。

「そもそも一番悪いのは大聖女様に毒を盛った、神をも畏《おそ》れぬ不届き者ですけれど！」

「いや、それは結構どうでもいいというか……自分で解毒できちゃいましたしね」

逃げる機会を作ってくれたおかげでパン屋の義娘《むすめ》として働く夢も叶《かな》えられて、むしろありがとうと言いたいくらいだ。

「……はあ、本当にお変わりありませんね。ご自身のことも含めて大神殿の中のことなんて、なんにも興味がないのですから」

「えへ？」

「可愛《かわい》く誤魔化そうとしてもむだですからね。私たちが怒りの矛先をどこに向ければいいかわからなくなります」

「誤魔化してませんよ。今回、大神殿に戻ってきたのは一連の犯人を調べるためなのですから」

きりりと毅然《きぜん》とした態度で告げれば、ミーティが疑わしそうにアリィを見つめた。

「大聖女様が、自ら⁉　一体誰《だれ》に何を吹き込まれておいでで？」

さすが付き合いの長い傍付き女官である。

アリィを物凄《ものすご》く的確に見抜いてくる。

「色々とありまして、最終的には自分の意思です、よ？」

なぜかアリィ自身も言い訳じみて聞こえるのだから不思議だ。

「ミーティは、何か犯人に心当たりのあることはありませんか？」

「いいえ。誰の計画か皆目見当もつきません。それに私たちを低位階梯に落とした方も、主教様のどなたかということまでしかわかりませんし。低位階梯がここまで神殿の上層部とつながりがないとは知りませんでした。来る日も来る日も料理を作り、お皿を洗う日々で。もうどれほど、大聖女様のお髪《ぐし》を整えたいと熱望したことか……っ」

ミーティの体が震えている。それが怒りなのか悲しみからくるものなのか判断がつかない。

再度、鎮静を祈ってみた。

「はいはい、ミーティ、落ち着いて。深呼吸が大事ですよ」

「はあ……大聖女様のお力は本当に癒《いや》されます。このまま寝そう……私が主教様に理不尽に怒られた時もこうして慰めていただきましたよね。デラと喧嘩《けんか》した時も鎮めてもらいましたっけ」

目元の涙を拭《ぬぐ》いながら、ミーティが懐かしそうに微笑《ほほえ》んだ。

「そうね、テイマ主教はガミガミ怒ってらしたものね。だけど貴女とデラはよくわからないことで喧嘩してましたよね。先に私を起こすのは自分だとか、髪飾りはどちらがいいとか」

「デラとは趣味が合わないんです。大聖女様のこんな綺麗《きれい》なお髪に玉飾りだなんて。花飾りの方が絶対に似合います！」

思い出しながら憤慨する彼女に、思わずクスクス笑ってしまった。

文句を言いつつも彼女たちは仲が良いし、お互いを親友だと話していたのを知っている。

彼女たちはアリィが大聖女になった時に女官としてついてくれた。それから十年。毎日、欠かさず自分の世話をやいてくれた。ずっと傍にいてくれた二人だ。

無感動に過ごしてきた神殿の日々だったけれど、改めてこうして、彼女たちと関《かか》わって過ごしていたのだなと実感した。

「ああ、本当に大聖女様なんですね。よく生きていてくださいました」

こんなに心配をかけて、素直に申し訳なかったなと、反省した。

お茶に毒を入れられたとわかった時には、すべてがどうでも良くなってしまったけれど、投げ出さずに向き合っていれば、これほどまで彼女たちを悲しませることもなかっただろう。ミリアルドやレンソルだって、辛《つら》い思いをすることもなかったのだ。

アリィはおっとりしているから気が長いように思われるが、わりと直情的で考えなし。別にパン屋でバルカスの影響を受けたわけではない。もともとの性格だ。

昔、アリィをそう評価した人物を思い出して、ふぅっと息を吐く。

「大聖女様はこれまで、どちらにいらしたのですか？」

「もう大聖女ではありませんから、アリィって呼んでください。私は聖都のパン屋の弟子入りついでに養女になって働いていました」

大聖女だった時は、名前は一切明かしていなかった。大聖女様、と誰もが肩書きで呼ぶ。それは悲しいことだと、今、名前を呼ばれる生活を送ったことで知った。

「アリィ様……大聖女様はそのようなお名前でいらっしゃったのですね。それにパン屋、でございますか？」

こくんと頷けば、ミーティは懐かしそうに瞳《ひとみ》を細めた。

「そういえば昔、知らない男の子からパンをもらったってお話しされていましたね。それがきっかけですか？」

「そうです。パン屋の親父《おやじ》様にも筋がいいって褒められるほどなのですよ。それで今度、パン・フェスタにも私の作ったパンを一つ、置かせてもらえるはずだったんです」

「それは、ようございました。パン・フェスタは、おいしいパンが安く買えますから楽しいですよね。でもどうして過去形でお話しされるのです？」

ミーティは一旦《いったん》言葉を切って、眉《まゆ》をひそめた。

「実は、大神殿が市場の小麦を買い占めたおかげで、小麦の価格高騰によってパン・フェスタが中止になりました。あまりの事態に怒りに駆られました」

「え、アリィ様がお怒りになったのですか」

ミーティは心底驚いたようにまくしたてた。

「毒を盛られたって犯人に感謝するアリィ様が？　いつだって、何が起きてもたいていのんびり事態を静観されるあの、アリィ様が⁉　頼まれるまで基本動かないアリィ様が、自ら進んで逃げ出した大神殿に戻ってこられたのですか……」

随分な評価だが、神殿にいた頃《ころ》はそれだけ、主体性がなかったということか。

「それがきっかけではありますが、近衛たちが大神殿を追放されたとも聞きました。罪滅ぼしも兼ねて、お手伝いしてみようかと思いまして。私が我儘《わがまま》で死を偽装しなければ、彼らは今も近衛でいられたでしょう？　まさか貴女たちまで低位階梯《かいてい》に落とされているなんて知りませんでしたから。こうして知ってしまったからには元の生活に戻してあげたいとは思っていますよ」

「はぁ、左様でございますか。私たちのことはともかく近衛の皆さんは本当に理不尽でしたからね。でも、大神殿が小麦の買い占めをしているなんて話は聞いたことがありません。それよりも、今すぐに大神殿から出ていかれることをお勧めいたしますわ」

「え、どうして……」

レンソルにはアリィの力が必要だと言われた。だけど自分のせいで理不尽な目に遭っているというのに、ミーティは今すぐ出ていけと言う。

真逆の話に、頭が混乱した。

「アリィ様が小麦を買い占めている犯人を見つけたいと、私たちの現状に憂いて改善したいと考えてくださっているのもわかりました。ですが、ここにいると二度とパン屋には戻れなくなりますよ」

「どういうことですか？」

「アリィ様が毒を飲んで倒れられたのを、最初に発見したのが王太子殿下だったからです」

アリィが毒を飲んだあの日は、自室で一人お茶をしていたはずだ。ゆっくり解毒するように力をコントロールしたため、すぐに意識を失った。倒れ込んだあとのことは確かに覚えていない。

まさか、その姿を最初に見つけたのが、ネオイアスだとは。

しかし、彼とはあの日とくに会う約束をしていたわけではない。何か用事でもあったのだろうか。それほど仲が良かったわけではないし、彼は多忙なので、やってきた理由にさっぱり見当がつかなかった。

「私が死んでいるのを彼が発見したら、何か問題でもあるのですか？」

そんなに衝撃的な死に顔だったのだろうか。苦痛に歪《ゆが》んだ、ちょっとしたトラウマレベルの苦悶《くもん》の表情でも浮かべていたとか。

顎《あご》に手を当てて小首を傾《かし》げていたら、ミーティは驚愕《きょうがく》に目を見開いた。

くわっと開いた目が血走っていて、折角の美人が台無しだがいいのだろうか。

「だ、大聖女様、じゃなかったアリィ様……以前から常々お伺いしようと思っていたのですけれど……いや、まさかとは思いますが、でも、そんな、バカなことおっしゃらないですよね……？」

「ごめんなさい、ミーティ。貴女《あなた》が何を言いたいのか、よくわからないのですが」

「え、だから、あれですって、殿下のことですよ！　知ってますよね、わかってますよね⁉」

「ええ、彼のことは知っていますよ。一年経《た》ったからって忘れるはずもありません。一応、私の婚約者だった方ですし。一月に一度は忙しい時間をやりくりして顔を見せにも来てくださいましたよね。無口だしたまに口を開けば辛辣《しんらつ》だし仏頂面《ぶっちょうづら》ですけれど、怒ったりすることもとくにない穏やかな方でした。よくお菓子なんか持ってきてくれたりする優しいところもありましたね。まあ、彼は甘い物が苦手だったのでどういうつもりで持参されていたのかはわかりませんでしたが」

「え、いえ、そういうことではなく！　もっとこう、気持ち的なものですよ、ほらっ」

「え、ええ、気持ち？　ちょっと嫌われているのかしらとは思ったことがありますけど、誰かに勝手に感情を推測されて推し量られるのも煩《わずら》わしいのではないかと思ったり思わなかったり。それともやっぱり衝撃的な死に顔をさらけ出してしまったので申し訳ないなあとか？」

それともまさか、毒殺にネオイアスが関わっているということだろうか。婚約者が気に入らなくて亡き者にしたい、なんて理由だったのかもしれない。

うーんと頭を悩ませていると、がつんとミーティの批難の叫びが刺さった。

「全然、違いますうううっっっ!!」

叫び声をあげながら彼女は、ガチ泣きした。

この後、彼女の真意がわからぬままに、鎮めるのが大変だったとだけ述べておく。


ふんわりとした小麦粉の香りを胸いっぱいに吸い込んで、アリィは震えた。

「嘘《うそ》でしょう、こっちはデラウミ産で、こっちはハイカ産？　こんな無茶苦茶に保管するとか正気なのでしょうか……」

実際には一日も離れていないというのに、体感的には一年以上も触れていなかったような心地がした。アリィは骨の髄までパンが好きなのだと実感する。そして、大神殿での小麦の扱いに震撼《しんかん》した。保管場所に適当に袋に詰めて並べてあるのだが、置いてあるだけにしか見えない。種類を理解していないに違いない。

「アリィ様……？」

「だって、ミーティ！　小麦は産地によって全然風味が変わるのです。それを小麦というだけで、乱雑に並べるなんて。しかも脱穀が雑！　粉の挽《ひ》き方もめちゃくちゃときたらもう……っ」

小麦の惨状を思って、アリィは今にも泣きそうだ。

「これを用意したのはどなたでしょうか」

「アリィ様、先ほど私が食材を運んできたのを見ておりましたよね。業者から受け取って、指定の場所まで運んでくるだけですよ」

「なるほど……？」

では、その業者がいつの間にか小麦を差っ引いているということだろうか。

だとしたら、大神殿にいたところで小麦を買い占めている犯人を突き止めるのは難しい。

「そういえば、食堂の管轄をしている主教はどなたでしょうか？」

「食堂の管轄でしたらレニグラード様ですね」

「ああ、あの影の薄い……」

「アリィ様」

ミーティが窘《たしな》めてきたので、アリィは記憶を探るふりをした。

主教の中で一番特徴がないのが彼である。確かビルオ同様平民出身だったと聞いているが。

「ちなみに、聖女アニチャ様の実のお父様だそうです」

「え、そうなのですか」

「アリィ様は本当に大神殿内のことには興味がありませんよねぇ」

そんなことはない、と強く否定できないところが辛い。

「あ、でも派閥があるのは知っていますよ。私の派閥もあるのです！」

えへんと胸を張って最近聞きかじった知識をひけらかせば、ミーティが憐《あわ》れみを込めた瞳で見つめてきた。

「どの派閥よりも過激と称される一派を率いていると聞いてそれほど喜ばれますか……」

「どうして本人の与《あずか》り知らぬ派閥が最も過激なのでしょうか⁉」

混乱するアリィに、ミーティは話題を変えた。

「レニグラード様は主教派の中でも穏やかで知られておりますよ。小麦について直接お聞きになってはいかがでしょうか。私は厨房《ちゆうぼう》担当なので、大神殿内で小麦を探す役目はお任せください。ところで、本日の食事作りはどうされます？」

「……ああ、待たせてごめんなさい……」

袋一杯の小麦粉を抱えあげて、アリィはしみじみと謝罪した。

だが、こうして触れているだけでも幸福感でへにゃりと顔が緩んでしまう。

「あの……アリィ様？」

ためらいがちにミーティに声をかけられて、アリィははっと我に返った。

しまった、小麦粉の感触があまりに嬉《うれ》しすぎて我を忘れてしまった。

さて、厨房で待っている者たちのところへ戻らなければ！


「いいですか、皆さん。おいしいパンの秘訣《ひけつ》は、とにかくきっちりと分量を量ることです。そして、気温と湿度を把握しておくことです。小麦粉の湿り気を肌で感じることが大切です」

「「はい」」

低位階梯の者たちが利用する食堂の厨房で、今日の調理担当の二人の神官たちを前にアリィは熱弁を振るった。

目の前の広い台の上には、パンの材料が並んでいる。秤《はかり》やボウルなどの器具も揃《そろ》っている。

それらの調理台を前にして担当のデリジャーとカボンはとてもいい返事をした。

ここに来るまで、本当に長かった。

食堂を監督している女官のサラントに、とにかく料理の仕度を手伝いたいと申し出た。しかし大神殿は清貧を掲げているとと返す彼女に、いかにおいしい食事が奉仕活動の助力になるのかを説き伏せたのだ。

「聖女アリィは、とても勉強熱心なのですね」

結果、サラントがあらまあと頬《ほお》に手を当てて感心した。

ようやく彼女はアリィの熱意に根負けして、今回の食事作りを認めてくれたのである。否、祈り続けて押し切ったという方が早いか。

次に今日の夕食当番だという二人に料理監督をさせてほしいと直談判した。

食事当番など好きではない者の方が多い。そもそも調理を学んだことのない者たちだ。面倒くさがる彼らに、とにかく調理の基本を知ってほしいと懇々と語って聞かせた。きちんとした手順を踏めば、食事はとてもおいしくなるものなのだ。大神殿に来たばかりの新米聖女の妄言だと憤る彼らを納得させるためには、とにかくアリィの熱意を伝えるしかない。そうして、ようやく前述の元気な返事をいただいたのである。

だがすでに、夕食が始まるまであと一時間しか残されていなかった。

時間は限られているので、とにかく手を動かす。何より助かったのは求めていた食材がわりと揃っていたことだ。最低限のことができるくらいには、調味料もある。なぜこれが今まで活用されていなかったのかは謎《なぞ》だ。レシピがないからかもしれない。

「小麦粉の計量はこちらで、他《ほか》の材料はこの器具を使ってください。目盛りはここを見て、すりきりを心がけてくださいね」

保管庫から持ってきた袋から取り出した小麦粉を秤で計量して、ひたすらに材料をボウルに入れて捏《こ》ねる。

「捏ね方をよく見て、均一になるように混ぜることが大事です」

「はい」

食べることが大好きというちょっと大柄なカボンがウンウン頷《うなず》いた。

ボウルに入れた材料を言われたように捏ね始める。手際はよくないが、初めてなら上出来だ。聞けば、八百屋の三男だという。あまりに食べるので神殿へと追いやられたそうだ。

デリジャーは無言でスープになる材料を包丁で切っていく。こちらも平民出身で、成り行きで神官となったらしい。

アリィが料理を教えると言った際に、一番反抗してきた少年だ。入ってきたばかりの新入りのくせに序列を乱すような生意気言うんじゃないといった態度だった。

ミーティが、とても残念な子を見るような視線を向けて、無言を通した。アリィの頑固さにつっかかったところで無駄だと知っているからだろう。

神官になるには、簡単な試験があるだけなので、彼らのように食べる物に困ってなどの理由で神官になる者は多い。総じて低位階梯《かいてい》のまま一生を終えることもほとんどだ。ずっと神殿にいれば質素倹約が当然で、おいしいものを食べるのは贅沢《ぜいたく》だと考えがちである。

だがアリィは高価なものを作るわけではない。同じ食材で質素でも、おいしく食べることは可能だ。そしておいしいものを食べることで自然と笑顔になる。それが生きる糧となり、活力につながると考えているだけだ。

だからこそ、アリィがずっと憧《あこが》れていたデリ・バレドの心意気が重要なのだ。本来門外不出のレシピで、貴族にすら売らないという義父の意志は理解しているのでレシピを渡すことはできないが、作り方なら教えてあげられる。

懇々と説明すれば、ようやく彼もやってみようという気になったらしい。

こうして今ここ、なわけだ。

「デリジャー、焦がさないようによく炒《いた》めてくださいね。じっくり炒めることが大事なのですから」

「わかりました」

「カボン、ここからはよく見ていてください。こうやって丁寧に、まんべんなく行ってください」

ボウルを受け取って捏ねて捏ねてパン種を丸める。大人の頭ほどの大きな固まりを二つ作ると発酵が進んでおいしくなるよう祈りを捧《ささ》げた。

「本当は冷暗所で発酵させるほうがおいしいんですけど、時間がないので今日はこちらで。効果は同じなので安心してくださいね」

「アリィ様、彼の不安――というよりもはや驚いているのはそこじゃないようですが」

絶句しながら狼狽《うろた》えているカボンの横で、ボソッとミーティが突っ込んだ。

「凄い、高度な神聖魔法だ……」

「はあ？　たかだかパンにかけるわけないだろ」

カボンが驚愕したようにつぶやけば、デリジャーが頓狂《とんきょう》な声をあげる。

「いえ、全然違いますよ。私は神聖魔法が使えないので」

アリィが首を傾げれば、ミーティはいつものやりとりだと言わんばかりに肩を竦《すく》めている。どうやらカボンも魔法が感知できる特異体質らしい。だがアリィとしてはおいしくなあれと祈りを込めているだけである。

そうして天板にパン種を並べて、オーブンで焼いていく。

サラントは食堂の準備のため、厨房からは出て行っているので、ミーティとカボンと三人で作業を行った。

「出来上がりですわ！」

焼きたてのパンを、オーブンから出すとふわんとこうばしい香りが厨房に広がった。

「うわぁ、おいしそうですね」

焼き上がるまでにすっかり落ち着いたカボンがきらきらとした瞳《ひとみ》を向けてくるので、アリィはふふんと胸を張る。

「冷めてもおいしいのです。ちょうど食堂を開ける時間になりましたね。お皿に並べていきましょうか。スープの用意はどうかしら？」

「出来てますよ、言われた通りにじっくり野菜とじゃがいもを炒めてポリ鶏の骨で出汁《だし》をとったとろとろスープが」

「アリィ様、凄《すご》いですね。手際もいいし、どれもとてもおいしそう」

仏頂面《ぶっちょうづら》で答えたデリジャーの横で、皿の準備をしながらミーティが感心している。

パン屋で修業した成果だ。

メインディッシュは、焼きポリ鶏のバレドソースがけだ。パンを焼いている間に下ごしらえをしておいた。

　しっかりと下味をつけたポリ鶏のもも肉をじっくりと焼き上げ最後にバレド特製のソースをかける。ちなみに香草と一緒にパンに挟めば、デリ・バレドで店頭に並んだ瞬間に秒で売り切れる人気のサンドイッチになる。

「ああ、早く食べたいなぁ」

「では、先に食べてしまいましょう。味見もかねて」

　焼きたてのパンを小さくちぎってカボンとデリジャーの口に放《ほう》り込む。

「ふわああっ」

「――っんん」

　二人は途端に、顔を輝かせて震えている。

　それだけで、どれほどの出来かを物語っているようだ。

「おいしいでしょう？」

「めちゃくちゃおいしいです……」

　とろんと瞳をとろけさせたカボンの隣で、デリジャーも小さく頷く。

　隅に置いてあるテーブルに料理を並べて、ミーティにも声をかけた。

「さあ、熱いうちにどうぞ」

　一同は顔を見合わせて各々席に着き、女神に祈りを捧《ささ》げ食事にとりかかる。

「ふぅわぁっ、パンってこんなにおいしいものだったんですね！」

「全然硬くないし、なんか甘いですよね」

「聖都にあるデリ・バレドっていうパン屋で修業したんです。そこのパンはこれよりもっとおいしいですよ」

「アリィ様、これは本当においしいですよ」

「パン屋さんで修業……これまで神殿で食べてきたものは何だったんだ。こんなの初めて食べた……」

パンだけでなく焼いた鶏肉もスープもためらいなく口に放り込んでいく。モグモグと夢中で食べていたカボンは、ふと動きをとめた。どうしたのかと慌ててアリィが顔を覗《のぞ》き込むと、ぶわっと彼の両目から涙が溢《あふ》れた。

ポロポロとこぼれて、それは神官の衣装に吸い込まれていく。

「おいしくて、あったかい……」

大神殿での食事は温かいまま出てこない。冷めたスープに硬いパンである。作っている者たちのやる気がないので、ずっと改善されないままだったのだろう。

アリィはカボンの反応に懐かしくなって、ふわりと微笑《ほほえ》んだ。

昔、病気で歩けなくなっていた少年が頭を撫《な》でてくれたことを思い出す。

泣いている彼が、昔の自分の姿と重なった。

「うちのパンは、人の幸福をお手伝いするパンなんです。幸福にするパンじゃなくて、幸福のお手伝いです。なぜなら、幸福になるのは、食べた人が勝手になるものだから。誰《だれ》でも幸福は持ってるものだから。そのきっかけになるようなパンを届ける、それがうちの信念なんです」

少年はパンを食べて泣き続けるアリィの頭を撫でながら、皆が幸福になるのは簡単だと胸を張った。

義娘《むすめ》になってバルカスに弟子入りした時にも、同じ言葉を言われた。

デリ・バレドの掲げる看板の前で。

それをこうして誰かに言えることが嬉しい。

伝わったか確認するまでもない。

自分はあの時、パンを渡してきた少年と同じく誇らしげな顔をしているだろう。彼もこんな気持ちだったのかもしれない。

もういなくなってしまった彼に、二度と会えない彼に、いつも感謝を捧げる。彼がしてくれたことも、かけてくれた言葉もずっと胸の奥にある。彼がくれた温かさが、こうして誰かの温かさになっていくのだ。

泣きながら何度も頷くカボンが、とても幸福そうに笑っている。

カボンの横で、デリジャーは無言で食事を続けていた。だが、その表情は穏やかだ。

アリィがにこにこしていると、ミーティまでがちょっと涙ぐんでいた。

「あら、出来上がったのですね。とてもおいしそう」

サラントが戻ってきて香りをかいで微笑んだ。

「だけど、これ……見つかったら叱《しか》られるかもしれませんね」

「叱られるって、どなたにですか？」

アリィがきょとんとして目を瞬けば、カボンとデリジャーもうぐっと押し黙った。

二人とも心当たりがあるようだ。

「高位聖女のマクステラ様ですわ」

聖女が住む神殿の三階の一番奥の部屋。

現在、体調不良になっていない高位聖女でもある。

ちなみに、アリィが居なくなれば、アニチャと並んで次代の大聖女候補だと言われていた。

マクステラ・バーミヤ侯爵令嬢。

家名を名乗らない神殿の中で、家名を強調して身分を振りかざしているのは彼女くらいだろう。

アリィが大聖女だった時から、数々の嫌がらせを行ってきたのも彼女だ。ミーティやデラを通りすがりに小突いたり、大聖女のよくない噂《うわさ》を流したり。それだけではない。大礼祭や式典の最中《さなか》にアリィの祈祷《きとう》を妨害して儀式を台無しにしたこともあった。

これだけわかりやすい相手なのだが、未《いま》だに彼女が罰せられたという話は聞かない。

侯爵家というのは、かなりの力を持つのだなと政治がよくわからないアリィでも感じるほどだ。

ちなみにレンソル曰《いわ》く、貴族派の筆頭らしい。未だに派閥の筆頭が何をするのかは知らないけれど。

「低位階梯の者はそれに相応《ふさわ》しくあるべき、と常日頃《つねひごろ》からおっしゃっていますからね」

サラントの物言いを聞くと、一年前と変わらない状態のようだ。そうそう人の性格は変わらないということか。

どうするかはひとまず今後考えるとして、さっと顔色の悪くなったミーティの肩をポンポンと軽く叩《たた》く。彼女もマクステラを苦手としているのだ。

「叱られたら、その時考えましょう。もう出来上がってしまったことですしね。何より、これからお腹《なか》を空《す》かせた仲間がやってきますから。配膳《はいぜん》しなければ！」

「それもそうですわね。貴方《あなた》たちも食べ終えたら手伝ってくださいよ」

サラントが穏やかに笑って、一旦《いったん》彼女の話は終了となった。

「あれ、ええとカウネちゃんだっけ？　厨房《ちゆうぼう》担当になったの」

軽薄な声をかけられて、アリィは目の前に立つラッセを見やった。

「アリィです」

「ああ、アリィちゃんか。こんなすぐに会えちゃうなんて、僕たちとっても相性がいいよ。素敵な出会いを用意してくれる女神様には粋な計らいがあるものだね」

「…………」

確かにラッセの言う通り朝に会ったきりだが、また顔を合わせる羽目になるとは。

だが大神殿は広いようで狭い。しかも彼は平民出身なのだから、食堂を利用するのは当然だろう。出会うべくして出会ったとも言える。

決して相性がいいというわけではないし、女神の計らいだなんてとんでもない。

厨房と食堂をつなぐ配膳のカウンター越しとはいえ、思わずアリィは一歩下がった。

「ちょっとお手伝いしているだけです」

「へえ？　厨房担当なんて僕は大嫌いだったなあ。アリィちゃんは偉いねぇ」

「こちら、今日の夕食になります」

彼の話を無視して料理の載った木の盆を渡せば、ラッセは目を瞠《みは》った。

「なにこれ、凄くおいしそう。めちゃくちゃいい匂《にお》いもする……」

「これこそ日夜女神様に奉仕されている皆様への御計らいでしょう」

「ふうん」

ラッセが少し考え込むように頷《うなず》けば、器にスープをよそっていたデリジャーが慌てて近づいてくる。

「ラッセさん、これ本当においしくて……っ」

「やあ、デリジャー。君も今日の食事当番なのか」

「食材は元々あるものなんだ。一つも追加で買ったものはなくて――っ」

なぜか必死に言い募るデリジャーをアリィは不思議に思うが、口を挟む隙《すき》がない。

「それは見たらわかるよ。これ、ビルオ様のところへ持っていく分なんだ。また後で、僕の分も取りにくるから楽しみにしているよ」

彼は盆を受け取ると、そのまま食堂を出て行った。

「お知り合いですか？」

「昔から世話になってる人で……大聖女様のおかげで一緒に大神殿に入ったんだけど。ビルオ主教様に気に入られて中位階梯《かいてい》の神官になってから、色々あって……」

「え？」

ラッセやデリジャーが大聖女の意向で大神殿にやってきたということは、アリィが何かしたということだろうか。だが、まったく心当たりがない。先代の大聖女のことだろうか。

「しかも今は一周忌の件もあってとにかく機嫌が悪くて。ただ、まんべんなく聖女様が大好きだから、あんたに当たることはないと思うけど、あんまり浮かれた気分出したらめちゃくちゃ叱られるから気を付けろよ」

「虐《いじ》められたりします？」

「そんなことするわけないだろっ」

大神殿は階梯差がそのまま権力に現れる。

低位階梯のデリジャーが、中位階梯のラッセに虐められることもありうる話ではあるが、強く否定するデリジャーを見て違うようだと追及はやめておく。

しかし、ラッセは軽薄そうに見えて面倒見がいいのだろう。デリジャーが彼を慕っていることはなんとなく伝わってきた。

「夕食二人分もらえますか？」

ラッセと入れ替わるように夕食を取りに来た神官たちに声をかけられる。

「あ、はい。少しお待ちください」

アリィは慌ててデリジャーとともに給仕に戻るのだった。


「初日から、とても疲れましたね」

寝台に潜り込みながら、カウネがふうっと息を吐いた。

湯上がりの髪はすっかり乾いているが、体はホカホカと温かい。布団をすっぽりと被《かぶ》りながら、アリィはふふっと笑う。

風呂《ふろ》は一階の一番奥にあって時間制で交代で入る。中位聖女以上は各部屋にシャワーがついているのでありがたくも低位聖女だけで使用できるのだ。

現在、低位聖女の部屋は四つ。八人しかいないので、入浴は神殿に来た順で最後だけれど、湯が冷めないうちに入れたのはありがたい。

もちろん、風呂の片付けをするのは、新入りの自分たちだけれど。

人生で初めての風呂掃除はなかなか楽しかった。カウネと二人でやったからかもしれない。

「夕食がおいしかったのは、とても嬉《うれ》しかったですわ。ほとんどアリィが作ったのでしょう？　とても料理が上手なのですね」

神殿の食事が不味《まず》いと聞いていたので、なんとか改善したいと思って……と告げればカウネも応援してくれた。

「パン屋で修業中なのです。親父《おやじ》様が作るパンはもっとおいしいですよ」

「聖女の勤めが終わったらお店に買いに行きますね」

「ぜひ、来てください！　礼拝堂の方はあれから問題なかったですか？」

「それが、誰も確認に来なかったんですよ。ですから、たくさんおしゃべりしていろんな噂話を聞きました。結局、神殿で暮らしていく上での注意事項みたいなお話が多かったんですけど」

「あ、私も食堂で聖女様の体調不良の話を聞きました。心配だったので、私が高位聖女のお二人……平民出身のアニチャ様とノイミ様の食事を持っていこうとしたら、止められたんです。面会が許されていない、と」

「そんなことが……」

自室で静養しているという中位聖女のリーオは伯爵令嬢なので、食事は家の料理人が用意しているだろうが、平民出身の二人は一体何を食べているのだろうかと気になるところではある。病人食を別に用意しているのかもしれないが、厨房ではそんな様子もなかった。

ちなみに他《ほか》の聖女たちの様子についても軽く探りを入れてみたが、話を振っても大聖女の一周忌に向けて皆忙しそうだとしか返ってこない。

ここに来て、一人として高位聖女に出会えていないのだ。大聖女の地位を狙《ねら》うならそのポジションの聖女から話を聞くのが手っ取り早いと思っていたのだが、これは簡単にはいかないだろうと肩を落とす。やはりレンソルに言われた通りに、現状一番怪しいと思われるマクステラの監視に切り替えたほうが賢明か。

そして小麦の買い占めの件についても、収穫皆無。本当に誰も何も知らないらしい。

そんなに大量の小麦を誰にも見つからずにどうやって保管しているのか。本気で謎《なぞ》である。

もやもやと考えつつも、カウネと就寝の挨拶《あいさつ》を交わしてベッドに入り目を閉じた。

『ふわあ、先ほどから寒いとうるさいの。そちよ、外のアレを放置せずになんとかしてたもれ』

アリィの足元の布団の上で丸まっていたモモが、あくびをしながらなぁうと鳴いた。

うるさくしたのは自分たちかと思い謝ろうとしたが、アリィもカウネも寒いとは一言も言っていない。それに外のアレってなんだと首を傾《かし》げて、がばりと起き上がると慌てて窓を開ける。

夜の冷えた空気がざあっと部屋へと入ってくる。部屋の中との温度差に体がブルッと震えた。

「義兄《にい》様っ⁉」

窓の下で蹲《うずくま》っている碧《あお》色の髪を見つめて、思わず叫び声をあげてしまった。ミリアルドが驚きつつも、片手をあげた。心なしか、体全体が小刻みに震えている。

「おう、奇遇だな」

「そんな挨拶で誤魔化されるわけありませんでしょうっ」

「なんで見つかったんだ？　気配は完全に消してたんだが。俺の腕が鈍《なま》ったのか」

モモが教えてくれたと言うわけにもいかず――カウネを起こさないよう小声でミリアルドを部屋に呼び入れる。ソファに座ってしきりに不思議がっているミリアルドに、ひとまず体が早く温まるよう祈りを込めた。大神殿は王都の中でも高台にあり、夜になると谷から吹き込む風を受けてかなり冷え込むのだ。

併せて浄化と快癒も祈っておく。もし風邪をひいていたら大変ではないか。

ちなみにモモはさっさと寝台近くのラグの上で丸くなって寝ていた。

「いつから外にいたのですか」

極力小さな声で話せば、彼は悪びれもせずにあっさりと答えた。

「そりゃあ、ずっとだ。こんな早くに見つかる予定じゃなかったんだがな」

「ずっと!? 凍えて風邪でもひいたらどうするつもりです。親父様もお袋様も悲しまれますよ」

「いや、軟弱者ってぶん殴られるのがオチだから。それにしても、なんだかあったかいな。部屋の中ってこんなに暖かいもんなのか」

「外にずっといればどこでも暖かく感じますよっ、一体あんなところで何してたんですか」

「何って、お前を護《まも》るって、呼ばれたらすぐに駆け付けるって言っただろうが。だから駆け付けられる距離にいたんだ」

「あれ、本気だったのですか？」

何かの比喩《ひゆ》かと思っていた。

「当たり前だろ。なんで冗談言うんだ。一日見てたけど、お前があんまりに危なっかしいから気が気じゃなかったぞ。あちこちふらふら出歩くなよ。行動が読めなくて驚いた。あれじゃあ護りきれないだろうが。あ、そう考えたらむしろバレてよかったのか。これで堂々と傍《そば》で護れるな」

「え、義兄様。追放されたのに、堂々と神殿の中を歩き回るおつもりですか？」

「誰《だれ》も俺の顔なんか覚えてないって。なんせ俺は大聖女様の隣にいたんだからな。かの方の輝きを前にすれば、後ろについてる下っ端の近衛《このえ》の顔なんて誰も見ていない。ってか、覚えられるわけがないだろう」

「そんな屁理屈《へりくつ》通じるわけないじゃないですかっ」

ミリアルドは有名人だ。抜きん出た剣の才能と最年少で近衛になるほどの実力がある。

自分みたいにヴェールを被っていたならともかく、大聖女の傍らにいたとしても、気づかれないわけがない。すぐにバレるに決まっている。

能天気で考えなしの意見を、自分のことは棚上げして一蹴《いっしゅう》する。

「あのぅ、アリィ。こちらの方は……？」

いくら小声とはいえ、さすがに同室のカウネを起こしてしまったようだ。

「騒がしくしてしまってごめんなさい。義兄《あに》のミリアルドです」

「アリィの同室の子だろ。義妹《いもうと》と仲良くしてくれて本当にありがとう。義兄妹《きょうだい》共々これからもよろしく！」

「あ、はい。こちらこそ」

カウネは寝巻きにガウンを羽織った姿で真っ赤になりながら慌てて頭を下げた。

「カウネ、顔が赤いですわ。もしかして夜風にあたって冷えてしまったのではないの？」

「へ？　え、あ、違います、違います。私、一人っ子で、男の人とあまり接することがないので緊張してしまって。ところで、追放ってどういうことですか？」

「義兄様《にいさま》は、大聖女様付きの近衛だったのです」

「え、まさか貴方が……？」

カウネが目を丸くして絶句している横で、ミリアルドはなぜか誇らしげだ。追放されたのだから、もう少し気がひけてもよいのではないだろうか。

カウネは聖堂で近衛たちの不遇の話を聞いたのだろう。

「では、アリィは近衛たちの追放をなんとかしたくて、大神殿に来たのですか？」

アリィが大聖女の毒殺を企《たくら》んだ犯人を捜しに来たなんて、カウネには言えない。大聖女の死因がそもそも事故死ではないということから、説明しなければならないのだから。

「それに関しては私にできることは少ないと思いますが……一番の目的は大神殿が行っているという小麦の買い占めの追及です。けれど誰もそのことを知らないし、買い占めた小麦をどこに保管しているのかもわからないのです」

「ああ、昼にも聞いていましたね。聖都でも騒ぎになっていますのに、神殿内では騒がれてもいませんでしたわ」

平民のカウネですら、当然のように知っている。

「むしろなぜ皆様が知らないのか、ちょっと不思議でした」

「そうなんです。小麦を買い占める動機がまったくわからなくて……。価格を高騰させて何をしたいのか。おかげでパン・フェスタは中止になりましたのに」

「アリィのパン屋さんはパン・フェスタの参加店舗だったのですね。それは残念なことです」

「ありがとうございます。ですが、その中止理由も……表向きは大神殿より大聖女様の一周忌前の喪中期間に騒ぐなと聞いていたのですが」

「それは、別に小麦を買い占めなくても大神殿が中止を命じるだけでいいのではありませんか？」

「私もそう思います。ですから、他に何らかの思惑があるのではないかということなのですが、手がかりが何もなくて……」

大神殿に戻ってきてまだ一日目だというのに、目まぐるしく働いて、結局なんの証拠も得られていない。

時間だけが無駄に過ぎていくような徒労感に襲われる。

「なるほど。こんなに誰も知らないとなると、大神殿の名前を騙《かた》っている者の仕業かもしれませんね」

「――っ！　その考えはありませんでした」

カウネの言葉にアリィははっとした。

街の皆が大神殿がやっていると言っていたからこうして戻ってきたけれど、もし大神殿を騙った別の何者かのせいだとしたら、アリィの怒りの矛先がまるで変わる。

「確かに、その考えはなかったな。レンソルにも一応伝えておくか。それにしても、頼もしい友人ができてよかったな、アリィ」

「はい」

ミリアルドが優しく頭を撫《な》でてくれたので、アリィは満面の笑みで頷《うなず》いたのだった。

◆　○　◆

「これって本当に誰でもいいですよね？」

ミーティが髪を櫛《くし》で梳《と》かしていると、鏡台の前に座って手元の新聞を見つめていた大聖女が口を尖《とが》らせた。

「また神教新聞をご覧になっておられるのですか？」

神官や女官たちが発行している神殿内限定の公式新聞で、月刊ペースで新しいものが出来上がる。そこには毎回、聖女のプロフィールが載っており、彼女を褒めたたえる記事がある。一番人気の今月の大聖女様という見出しだ。

彼女はその第八十九代大聖女の公式プロフィールに書かれた文言が気に入らないようだ。

朝露に濡《ぬ》れた花びら色の髪に、神々しさを感じる瞳《ひとみ》を持つ美貌《びぼう》の少女。

年齢は永遠の十六歳。

「いいじゃないですか。銀紫色も綺麗《きれい》ですけど、ずっと神秘的な容姿に書かれていて、永遠の十六歳。私もその頃《ころ》は楽しかったですよ。できれば戻りたいくらいです」

大聖女の衣服を片づけていたデラが、手を止めてため息をつく。

ミーティとデラは同い年だ。十六歳で大聖女付きの女官になって、恋愛もして。ちやほやしてもらって。物凄く楽しかった。

しかしあそこで手を打っておかなかったから、婚期を逃したといっても過言ではない。

デラは恋人はいるが、倦怠期《けんたいき》というやつらしい。お一人様から見れば羨《うらや》ましいが、彼女にとっては悩みなのだろう。

「私はまだ十二歳なので、その気持ちはわかりません。だって、趣味は女神に祈りを捧《ささ》げること。特技は女神への賛美歌を歌うこと、だなんて。これって単なる仕事です」

「女神様への立派なご奉仕ですよ」

大聖女の足元にうずくまっていた猫のモモがなーうと気だるげに鳴いて、大聖女は困惑気味に顔を顰《しか》めた。

「別にどっちでもいいって……、ますますやる気がなくなります」

「なんの話ですか?」

「いえ、独り言です。それより、今日は何かありましたか? 頭の飾りがいつもと違いますね」

「殿下から賜ったものですわ。ほら、お髪《ぐし》にも映えて、よくお似合いですよ」

淡い桜色の花びらが咲いたかのような石飾りのついた繊細な髪飾りを、髪を整えた少女の耳の上に乗せれば、まじまじと鏡を眺めている。微笑《ほほえ》ましい様子に笑ってしまった。

「大聖女様が、自身の髪色を石と花が混ざった色だなんておっしゃるから、殿下も相当お悩みになったでしょうね」

十七歳の少年が、十二歳の婚約者に贈り物をしたくて遠回しに質問を重ねているのを傍で聞きながら、自分も随分とやきもきしたものだ。

髪の色も目の色も明かしてはいけないと言われている大聖女は、婚約者に公式プロフィールを口にした。だがそれで納得しない王太子は、何度も何の色に近いかを根気強く訊《き》いていたのだ。

普段は無表情で口数の少ない王太子のあまりに必死な様子に、ミーティは心の中で精一杯応援した。

最終的には石で花をすりつぶしたような混ざった色だなんて哀しい答えになっていたが。

ミーティは人の目がなければ、膝《ひざ》から崩折れて号泣していただろう。毎日整えている極上の絹糸のような繊細な髪に対しての冒涜《ぼうとく》だ。

遺憾の意を表明したい。

しかし、その答えを聞いてこの髪飾りを選んだ王太子にはセンスがある。

箱を開けた瞬間、心底、感動した。

よほど幼い婚約者を想《おも》っていなければ、これほどの品は贈ってこないだろう。

大聖女に手渡しするほどの甲斐性《かいしょう》がないのが非常に残念である。なぜ、これを傍付きの女官に渡すのか。

不器用にもほどがある。受け取りながら、つい涙ぐんでしまった。

「綺麗な色ですね」

ほうっと息を吐いてつぶやくように告げる少女の顔には、微笑が浮かんでいる。

デラも後ろで満足げに眺めている気配を感じる。彼女の感性にも合う一品なのだろう。

年相応に愛らしい微笑みに、昔の人形のようだった面影はどこにもない。

足が悪く歩けないという少年にパンをもらった日から、少女は変わった。

『幸福って人が持っているものなのですって。誰でも当たり前に持っているものなのですって！』

興奮が抑えきれないように瞳を輝かせて、人形に息が吹き込まれたかのごとく明るい表情で。

幸福のお手伝いになるパンをもらったのだと語る少女は、ミーティにとってどこまでも愛《いと》しくて大切な存在だ。

この笑顔を守りたいと願って。毎日、眺めていたいと切望して。

すべてが壊れたあの日、自分は確かに絶望したのだ。


「おい、おいっ、しっかりしろっ！」

大聖女の神殿に突然やってきた王太子をティーサロンに案内して、お茶の用意を整えようと踵《きびす》を返した。

仕えるべき主人は、ちょうどお茶の時間を楽しんでいたから、今頃慌ててヴェールを被っていることだろう。慌てすぎてぼろを出していないといいけれど。

彼女はおっとりしていて、うっかり屋だ。いつもヴェールを被っているため、自分たち以外の前では飲食は決してしない。ティーセットを横にどかしたりして、ひっくり返していなければいいが。

心配しつつ、王太子に出すお茶についても考える。いつもとは違って突然やってくるから、なんの準備もしていなかった。

彼が好むお茶菓子は何かあっただろうか。

そういえば、王太子をお連れしてティーサロンに声をかけた時、珍しく主人からの返事はなかった。押しかけてきた本人は勝手知ったる仲なので、構わず中に入ったけれど。というか、いつも以上に急《せ》いていて、大聖女の応《こた》えも待ちきれないようだった。

だが、よく考えたら変じゃないか。

どんな時でも主人が他人を無視することはない。絶対に部屋の中にいれば、応答するはずだ。なのに、大聖女からの返事がない。可愛《かわい》らしい声で、お待ちくださいだのお入りくださいだのと絶対に今までなら一言あったはずだ。

小さな違和感は部屋の中から聞こえた悲痛な声で、確信に変わった。ミーティは慌てて駆け戻る。

「大聖女様っ⁉」

部屋の扉を開ければ、ティーセットの置かれたテーブルに突っ伏している大聖女を揺すっている王太子の姿がある。

冷静沈着で、無表情。時折、表情を動かす程度しか筋肉を使わない王太子が、驚くくらいに必死の形相で大聖女に縋《すが》っていた。

「なんで、どうして！　パンを一緒に食べるって、半分こにしてくれるって――っ」

「王太子、殿下……大聖女様がどうかなさったのですか……？」

声をかければ、それまで必死に叫んでいた王太子はピタリと動きを止めた。

こちらに顔を向けた時にはいつもの無表情に戻っていた。だが顔色は蒼白《そうはく》で、その瞳は昏《くら》く光り、憤怒《ふんぬ》や怨嗟《えんさ》を湛《たた》えている。そうして、ミーティに鋭く命じた。

「毒だ。大聖女は毒を飲まされた可能性がある。まだ体が温かいからそれほど時間は経《た》っていない。今すぐ医者を呼んで、神殿を閉鎖しろ。犯人を逃がすな。教皇猊下《げいか》を呼んで来い。急げ」

「は、はい！」

短い返事をして、慌てて廊下を走りながら、言われた内容を反芻《はんすう》する。

毒、犯人、教皇？

誰《だれ》がどうなったと？


——大聖女様が、毒を飲まされた？


廊下を走りながら、なんだかぐにゃぐにゃした不安定な場所を進んでいるような気持ちになった。ここはどこで、誰に何を話しているのかも、朧《おぼろ》げだ。

廊下ですれ違ったデラには譫言《うわごと》のように単語を叫んでいたと言われたけれど、あまり記憶にない。

だから、王太子が一人取り残されたティーサロンで眠るように事切れている大聖女を見下ろし、ぽつりとこぼした言葉も知らなかった。きっと傍《そば》にいたとしても記憶にも残らなかっただろうが。

「……結局、君の名前を聞きそびれたままだ」

「アリィ様、おはようございます」

かつての主《あるじ》が起きるだろう時間を見計らって、彼女に宛がわれた相部屋の扉を開ければ、信じられない光景が広がっていた。

この部屋はカウネという新米聖女と二人だと聞いていたはずだが……どう見ても男がいる。

というか、灰色の聖女服を着てきちんと支度を終えた少女がミーティに縋るような視線を向けてきて、思わず扉を閉めたくなった。

少女はアリィの同室のカウネという聖女だろうと推測するが、元大聖女付きの女官だって万能ではない。今はしがない低位階梯《かいてい》の女官ならばなおさらだ。

自分の技量ではとてもではないが、対応しきれない。

「ええと、おはようございます……？」

寝起きがいいはずのアリィが自分のベッドの上でもぞりと起き上がれば、隣で寝ていた碧《あお》色の髪の男が身じろぎした。

「ううん、寒い……」

いやもう、どういう状況なんだろうか。

というか男には見覚えがある。

「ミ、ミリアルド様……？」

「う、ん？　なんだ、もう朝か。あれ、ミーティ？　久しぶりだな」

ふああと大きく伸びをしてむくりと起き上がった男が、入り口に立つミーティに気が付いた。

「あ、はい。お久しぶりで……いえ、違いますよ。なんでそんな大聖……じゃない、アリィ様と一緒に、その、同衾《どうきん》してらっしゃるのですか？」

「いや、義兄妹《きょうだい》だからって、無理やり押し倒されたんだ」

「お、押し倒――っ⁉」

いつの間にうちの大切にお育てした我が主がそんな破廉恥な行為に及んでいるんだ。

というか、そんな行為を知っていたことに驚きだ。

聖都で過ごした一年で、一体何を学んできたのか。

「義兄《にい》様が、外で寝るとかふざけたことをおっしゃるからでしょう。風邪ひきますって。それに、一緒の方が温かいですしね」

物凄《ものすご》くいい笑顔で、アリィが笑う。

これっぽっちも邪《よこしま》な感情のない、どうにも無垢《むく》な笑顔だ。

凄い、さすがは大聖女様。

よくわからないが、感心してしまった。

「あの、年頃の男女が一つの寝台で寝るのはちょっと……って、え、兄妹？」

アリィの出身は、地方の小さな村だったはずだ。ミリアルドは聖都出身と聞いたことがある。

何故に、兄妹？

「弟子入りしたパン屋の息子が、彼なのです」

「え、ミリアルド様って、パン屋デリ・バレドがご実家なんですか？」

アリィはパン屋に弟子入りするために養女にしてもらったと話していた。それで、パン屋が実家のミリアルドと義兄妹になったということか。

「まぁ、勘当同然だったんだが。一応、実家だな」

「それは、なんとも……」

出来すぎではないか？

アリィは昔、出会った少年に聖都一と言われるパンをもらった。それが、アリィが生まれ変わるきっかけで、人形のような少女が心を得た瞬間だった。少年は自分の父親が作ったパンだと話していたそうだ。

つまり、アリィにパンをくれた恩人である少年はミリアルドだったということか。そのわりには、当人たちにさっぱり色恋の気配がないのがらしいといえばらしいが。

運命の出会いとか、偶然出会った二人の奇跡の再会とか、そんな雰囲気が微塵《みじん》もない。

実は大聖女が亡くなる前、彼女を取り巻く色恋に、デラときゃあきゃあ騒いでいたものだ。デラはミリアルド派で、近衛《このえ》と大聖女という身分差の恋が素敵だと騒いでいた。

秘《ひそ》かにミリアルドに大聖女の情報を流していたし、二人きりになるよう画策もしていた。そこにパンをくれた大聖女の運命の君だなんて裏話がくっついたら、興奮のあまり頓死《とんし》するに違いない。

なのに、このさっぱりとした関係はなんだろう。

対して、ミーティは断然王太子派だ。

大聖女と王太子という王道ロマンスが大好きで、ついつい大聖女と二人きりの時間を作ったりしていた。前述の通りヘタレ王子なわけで、どちらも、まったく進展はなかったが。

デラがこの場にいれば、二人の関係についてどういうことかと激論を交わせたのに。なぜ、あの元同僚は洗濯係なんだ。


——デラ助けて！


「とても仲のいい兄妹ですよね……？」

なんだか納得がいかないような顔をしながら、同室のカウネがミーティを見つめてくる。

混沌《こんとん》だ。

ここに混沌が存在している。

ミーティは「女神よ……」と頭を抱えたのだった。

第三章　婚約者様、お久しぶりです

低位聖女というのはとても忙しい。

大聖女だった時はわりとゆったり生活していたのだな、と遠い目をしたくなるほどだ。

まず朝はミーティに起こされて支度を整える。低位聖女に本来世話係はつかないが、アリィの髪をどうしても整えたいと押しかけてくるのだ。

支度を終え朝の祈りを捧《ささ》げた後は、厨房《ちゅうぼう》に行って朝ご飯の仕込みだ。当番の人たちに作り方を教える。おいしいと評判になった食堂のご飯に味をしめたサラント女官が、正式にアリィを厨房の監督者と任命したためだ。

食事を終えれば、次はビルオ主教のところへ行って、その日の奉仕活動の内容を聞く。礼拝堂の清掃が終わったことは翌日に確認されたけれど、今度はどこそこ神殿の壁画のすす払いやらどこそこの回廊の掃除やら、とにかく一日中掃除を命じられる。

ならばと、アリィは浄化の祈りでピカピカに磨き上げた。

カウネはアリィの女神の加護の力は浄化作用における清掃だと思っている節があるほどに、とにかく綺麗《きれい》になあれと祈りを捧げまくった。おかげで当初黒い靄《もや》に包まれていた大神殿のほとんどが、浄化されたようだ。大神殿に勤める者たちも心なしか明るい表情をしている気がする。

そうなると、今度は毎日清掃する場所以外では掃除する場所がなくなったようだ。

夜に自室で神聖魔法の習得に励んでいたカウネは、必死で浄化の聖句を唱えていたが、覚えきれないうちに必要がなくなったので少ししょんぼりしていた。

そしてここ二日ばかりは、神殿にある治療院行きを命じられるようになった。治療院とは九つある神殿の中でも、一番小さい神殿の傍らにある木造の家だ。

聖都の近くに位置し、一定の寄付をすれば誰でも治療を受けることができる、主に平民たちが利用する場所だ。だからと言っては何だが、高位聖女の派遣はない。低位聖女たちがよく手伝いに行かされるところで、大聖女だったアリィはこれまで一度も訪れたことがなかった。

だが、初めてカウネと二人で足を踏み入れて愕然《がくぜん》とした。

小さな建物である治療院は、低位階梯の神官と低位聖女の三人で担当している。そこに、朝早くから長蛇の列ができていたのだ。

足が痛む、腰が痛い、熱がある。

高額な医者にはかかれない人たちが、そこそこひどい容態だが動けないというほどではない体を押して、並んでいるのだ。

一人一人の症状を神官が診て、聖女が治療に当たるという。

ただし、低位聖女の神聖魔法などたかが知れている。

せいぜい患部が少し治る程度の神聖魔法しか使えない。そして気休めの傷薬をつけて治療を終了させるのだ。

現場を見て、アリィは天を仰いだ。

高位聖女は、治癒の力を貴族たちや大商人に使う。つまり、寄付額で治療内容が決まるのだ。

だから、アリィはこんなにたくさんの治療を望む人を見たのは初めてだった。

思えば当時、金額に見合った治療しかしてはいけないと戒められていた。

はした金で完治させてしまうと、金持ちたちの金払いが悪くなるからだ。貴族たちの落とす金は神殿運営の貴重な財源である。神殿で孤児を養えるのもこのお金のおかげだ。決して私利私欲のためではないから、と言い聞かされていた。

そのことを思い出したアリィは、本来なら一瞬で治せる病気や怪我《けが》を僅《わず》かな治癒を施すだけで家に帰すしかない。

イライラが募るばかりで、ちっとも楽しくなかった。

しかも連日、ひっきりなしに患者がやってくるので休む間もない。

アリィは日暮れとともに戻ってきて、そこから夕飯作りに従事し、風呂《ふろ》から出れば疲労困憊《こんぱい》である。自分に癒《いや》しの祈りをしなければ倒れこむように寝る毎日だった。

そんな大神殿での生活が一週間も過ぎて、カウネと自室のソファに並んで座りながらため息をついた時だった。

「今日はとくに大変でしたね」

「ええ、まったく。次から次へと谷冷えの患者ばかりが運ばれてくるのですもの」

「解熱の薬草が足りなくなって、最後は薬草ばかりすりつぶしていましたわ……」

カウネが腕をさすりながら、深々とため息をついた。

「昨日から治癒の神聖魔法の聖句を覚え始めましたけど、やっぱり少しも使えませんし」

「私も神聖魔法はまったく使えませんよ。努力しているカウネは立派です」

「そういえば、アリィは経典を一度も開いていませんね」

カウネが小さく笑う。

昔散々詰め込まれたしできないとわかっているので、読む気にもならない。少しも聖句を覚えようとしないのに堂々としているアリィを、カウネはある意味潔いと褒めてくれる。

「なーう」

モモが二人に近づいてきた。

『おやつはまだかえ』

「夕飯を食べたばかりですよ?」

食いしん坊なモモの楽しみは食べることだけだ。食堂にふらりとやってきて、サラントからおやつをもらっているのを目撃したこともある。絶対に夕食は食べ終えているはずなのだ。

「また、アリィに食べ物強請《ねだ》ってるのか?」

窓から入ってきたミリアルドは、アリィの足元にいるモモを見やってため息をついた。

ちなみにミリアルドも厨房から食事をくすねて、ちゃっかりご相伴に与《あずか》っているのを知っている。

ミリアルドは初日に見つかってから、開き直ってアリィを警護するようになった。日中一体どこにいるのかと捜すけれど、よくわからない。ただ、一日アリィが何をしていたのかを完全に把握していて、どこどこへいくのは危ないだの、どこそこは注意したほうがいいだのと一日の終わりに注意されるのだ。

「ミリアルド様、年頃《としごろ》の聖女たちの部屋に窓から侵入するのは問題ですよ？」

部屋の扉から入ってきたミーティがミリアルドを睨《にら》みつけた。

「そう言うが、表から入る方が問題だろう。追放されているんだし」

「追放されている自覚がおありなら、それなりの態度をとっていただきたいものですが」

「だから、隠れているじゃないか」

「そうではなく……っ！」

ミーティとミリアルドの言い合いも、すっかり見慣れた光景だ。二人がアリィについていた時はこんな言い合いをしているのを見たことがなかったので、最初は驚いたものだった。これはこれで仲が良いのではないかと思い始めている。

「まあ、いいじゃないか。それでミーティ、小麦の在処《ありか》はわかったのか？」

アリィよりも自由がきくミーティが、小麦を大量に保管しているだろう場所を探してくれていたが、彼女は首を横に振った。

「大量の小麦を収めるならかなりの広さが必要ですが、それらしいところには影も形もありませんでした。もはや大神殿内にはないでのは？」

ミーティの言葉を受けて、アリィは考えながら口を開く。

「巷《ちまた》では大神殿が買い集めていると騒がれていますのに、大神殿内では誰《だれ》も知らない。そのうえ、小麦の在処までわからないなんて……では、いっそのこと怪しそうな主教様を訪ね歩きます？　大量の小麦を買い占めて隠すなんて、主教以上の力のある人にしかできないでしょうし」

こうなると直接問い詰めた方が解決に早くたどり着ける気がする。

「平民出身の主教様方ならお会いできるでしょうが、貴族派の主教様は一癖も二癖もある方ばかりですよ。ガミガミとうるさいテイマ様や権威主義のダレマカタ様とか……推して知るべしでは？　唯一話ができそうなのは、貴族派の中ではお金にしか興味のないハマン様くらいでしょうが、なんと言って探るおつもりです？」

「小麦を買い占めるほどのお金が大神殿から消えているとわかれば、守銭奴のハマン様なら話を聞いてくれるのではありませんか？」

「確かに興味は持たれるかもしれませんね。けれど、そもそもの話ですが、担当でもない平民の低位聖女がどうやって主教様にお会いするおつもりですか」

ミーティから胡乱《うろん》な瞳《ひとみ》を向けられてアリィは口ごもる。

ちなみに王太子派と教皇派の主教は小麦の買い占めに興味を示さないだろうと候補から除外している。そもそも王太子派は彼の息がかかった間者たちで構成されていて、レンソルのように表立っては動かないものらしい。

教皇派は大部分が聖騎士たちで占められていて、今の主教も元聖騎士から成り上がった者らしい。

そして大聖女派には誰一人として主教が属していないことが判明した。

そこでアリィは食堂担当であるレニグラード主教に会いに行こうとしたが、彼はなぜか大神殿のどこにもいなかった。一番会えそうだと言われていたのに、肩透かしを食った気分だ。

「はあ、そうでした。レニグラード様にも会えなかったのでした……」

「え？　レニグラード様ですか⁉」

なぜかカウネが頓狂《とんきょう》な声をあげて驚いている。

「そんなに驚くことです？　厨房担当をされているので、小麦を買い占めるには一番怪しいのではないかと……ですが、まったく会えずじまいで」

アリィが困ったと言うように眉尻《まゆじり》を下げれば、カウネがあわあわとしている。

「ま、まさか、レニグラード様をお疑いなのですか⁉」

「むしろなぜそこまでカウネが動揺されているかが不思議なのですが」

アリィが指摘すれば、カウネは譫言《うわごと》を言うように口を開閉して、半泣きになった。

「わ、私の推薦者がレニグラード様なのです！　叔父を疑わないであげてくださいっ」

「はあ？」

カウネには初めからアリィが小麦の買い占め犯を捜していて、主教の誰かが怪しいと話していた。にもかかわらず、一度もレニグラードについての言及はなかった。

叔父だったとは初耳である。

「ただでさえ、同じ派閥のビルオ様にも頭の痛い推薦者だと言われているのに、この上小麦買い占め犯として疑われていると知ったら号泣しちゃいます――っ」

「どういうこと？」

「アリィ様、レニグラード様は、主教派の中で一番穏やかだとご説明いたしましたよね？」

「え、それだけじゃ何もわからないですよ？」

ミーティが頭痛を堪《こら》えるように告げたが、まったく説明になっていない。なぜ、そんなに気弱キャラなのだ。まるで、アリィが虐《いじ》めているようではないか。

「わかりました、レニグラード様を疑うのはやめますから！」

アリィが声高に宣言すれば、カウネがほっと息を吐いた。

「派閥争いに巻き込まれるから推薦者は明かすなとずっと言われていましたが、これはさすがに緊急事態です。黙っていられません」

「派閥争いですか？」

「大神殿はとにかく派閥争いが苛烈《かれつ》だと説明されました。平民出身の一番弱い立場の主教で馬鹿《ばか》にされているから、自分の推薦だとバレたら、私が虐められるだろうと叔父がやたらと心配していて……」

「そんなに……？」

アリィがまったく知らなかった大神殿の裏側を知ることになってしまった。そんな苛烈な派閥争いで過激派と呼ばれている自分の派閥の異様さにますます引いてしまったのは内緒だ。

「主教派と貴族派はとにかく仲が悪いですから。主教派のレニグラード様のご推薦だとわかれば、貴族派には目をつけられますね。とくに主教派筆頭のビルオ様と貴族派筆頭のダレマカタ様には、それぞれ派閥を増やしたい思惑があるのは間違いないでしょう」

ミーティが大きく頷《うなず》いた。

カウネが考えつつ、口を開いた。

「小麦を買い占めている人を捜したいだけなのに、なんだか大ごとになってきましたね……」

「買い占めが派閥内の思惑かどうかはわかりませんが、おそらく小麦を買い占めている方にはなんらかの最終目的があるのでしょうね……」

アリィもこれには頷くしかない。

「単純においしいパンがたくさん食べたいとかだったらわかりやすくていいのですが……」

「そんなことを考える奴《やつ》だったら、産地がバラバラの最悪の状態で小麦を保管するとは思えない」

ミリアルドが苦虫《にがむし》を噛《か》み潰《つぶ》したかのような顔をして吐き捨てた。彼もパン屋の息子ではあるので、大神殿で雑に扱われていた小麦の惨状には物申したいらしい。

「レンソル様は小麦の買い占めを、大聖女を擁立するための画策ではないか、と話していましたよね？」

「そんなこと話していたか？　大体、それと次代の大聖女様の擁立がまったくつながらないんだが」

ミリアルドはそもそも深く考えることが苦手らしい。レンソルからもそう言われていたので、アリィとしては苦笑するしかないが、この件に関しては残念ながら同じ気持ちである。

アリィにもそのつながりが少しもわからない。

「次の大聖女様を選出するために発言権を強めたい、とお考えなのではありませんか」

「どういうことでしょう？」

唸《うな》る義兄妹を前にして、ミーティが躊躇《ためら》いがちに口を挟んだ。

「派閥の主張を通すためには人数が必要ですよね。次代の大聖女様を決めるのは教皇ですが、主教様方も意見は求められると聞いています。そのために買収するというのはよく使われる手です」

「大神殿は女神様のお膝元《ひざもと》ですよ？」

そんな不正行為が許されるのだろうか。そもそも神職者たちの集まりである。恥とかないのか。

アリィが呆《あき》れれば、ミーティは首を横に振る。

「権力が集まるところはどこだろうと同じです。そのために多額のお金が必要だということくらい私でもわかりますよ」

知らなかったけれど、ミーティはそんな恐ろしい考えを持っていたのか。

顔色を変えたアリィにミーティは優しく微笑《ほほえ》んだ。

「アリィ様にそんな顔をしてほしくなくてこれまで黙っていました。それでも主教様の思惑を知りたいのですよね？　ならば、ここは魔窟《まくつ》だと十分に理解して挑まれてください」

「はい……」

アリィはしゅんと肩を落とした。

ミーティが自分を心配して助言をくれたことは理解している。それでも、物怖《ものお》じしている場合ではない。でないと何のために大神殿に戻ってきたのかわからなくなってしまうから。

「そろそろ、湯あみの時間ですわね。遅くなってしまいますから、さっさと行きましょう」

大聖女だった時は入浴の介助を彼女がしていたので、その名残か今もずっと当然のようにアリィの入浴についてくる。そのあと、髪をきっちり乾かして寝かしつけてくるまでがセットだ。

ミリアルドを部屋に残して風呂《ふろ》に行く用意をして部屋の外に出ると、前方にラッセを見つけた。

「あれ、アリィちゃんにカウネちゃん。連れ立ってどこ行くの」

「ちゃん？」

ミーティの眉《まゆ》がぴくりと上がる。

彼はビルオ主教に食事を運ぶ関係で、食堂に顔を出す回数も多い。おかげで厨房《ちゅうぼう》で働くアリィとはすっかり顔なじみだ。馴《な》れ馴《な》れしい態度は出会った頃と少しも変わらないどころか、パワーアップしている。

「今日のご飯もめちゃくちゃおいしかったよ。いつも本当にありがとう」

「よかったです。ところで、こんな時間に聖女たちの神殿で何を？」

「あれ、僕のこと知らない？」

アリィが疑問に思って問えば、彼は無邪気に首を傾《かし》げた。

ラッセが神官であることも、アリィが大神殿に戻った日に出会ったことも覚えているが。

だからこそ、不可思議な問いかけだった。一体何を知らないと言うのだろう。

「アリィ様、急がないとお湯が冷めてしまいますよ」

「え、ミーティ？」

突然ミーティがアリィとカウネの背中を押して、さっさとラッセに辞去の言葉を告げる。ラッセは小さく手を振って見送ってくれた。

湯殿についた途端に、ミーティは後ろを窺《うかが》いながら安心したように息を吐く。

「お二人とも、彼に関《かか》わってはいけませんよ」

「突然、なんです？」

そもそもラッセに関わるつもりはないが、ミーティの言葉に引っかかりを覚える。どちらかと言えば話しかけてくるのは彼の方である。

「あの人、聖女たちの恋人なんです」

「ああ、だからこの時間に聖女の神殿にいたのですね」

アリィが納得すれば、ミーティは曖昧《あいまい》に微笑んだ。

「ア、アリィ……たぶん、ミーティは聖女たちの恋人ってところを気にしているのだと思います」

「え、聖女たち？」

「カウネ様のおっしゃる通りです。何人もの聖女に手を出している悪い男の人なんですよ。アリィ様は絶っっっ対に関わらないでくださいね！」

いまいち事態が呑《の》み込めないアリィに、ミーティは厳しい表情でそう告げたのだった。

次の日には、そのラッセと本殿で出くわした。

あれほどミーティには関わらないよう言われていたので、アリィは冷や汗をかく。これはバレたら叱《しか》られる案件ではないだろうか。

「あれ、アリィちゃんが日中こんなところにいるなんて珍しいね」

「あーはは」

しかも今アリィが本殿にいるのを見つかるのも不味《まず》い。

ビルオからは今日も治療院に詰めるように言われており、カウネに先に行ってもらって後で追いかける手筈《てはず》になっていたのだから。

誰かしら主教に話を聞こうと思って突撃しに来た、などと言えるわけもなく、笑って誤魔化す。

「なんです、こんなところでも逢引《あいびき》ですか」

そんな時、後ろから穏やかな青年の声がした。

アリィが振り返れば、二十代後半くらいの男が立っていた。痩身《そうしん》を包む神官服の色は純白である。

横でラッセが頭を下げているため、アリィも慌てて倣う。

「君は本当に聖女様がお好きですね」

「口説いているところなので、邪魔しないでくださいよ。ハマン様」

ラッセが名前を呼んだので、アリィの会いたかった主教の一人であると知る。しかもミーティが貴族派の中で唯一話ができそうだと言った人物でもある。

自分の幸運に感謝したが、一方でにこやかにラッセと会話をしているハマンに違和感を覚える。

黙っているアリィにハマンが気が付いた。

「あれ、見慣れぬ低位聖女様ですね……ああ、新しく入ったという——」

「聖女アリィですよ」

アリィの代わりにラッセが紹介してくれた。

「そうですか、貴女《あなた》が……。食堂では最近素晴らしいパンが出るそうですね。貴女が作ったものだと聞き及んでいますよ」

「あ、ありがとうございます?」

突然パンの話題が出るとは思わず、アリィは戸惑いつつ礼を述べた。

貴族出身の主教ならお抱えの料理人が素晴らしい食事を作ってくれるはずだ。なぜ、食堂のパンに興味を持つのかがわからない。

「ハマン様、まさか……」

ラッセが急に顔色を変えた。

今までどこか飄々《ひょうひょう》としていた彼にしては珍しい態度である。

「彼女は聖都でも有名なパン屋の養女だとか。実際、食堂の噂《うわさ》が絶えません。なら、お願いするのも吝《やぶさ》かではないというだけです」

「ですが……」

「平民街でも貴方《あなた》が住んでいた地区よりももっと貴族街寄りに店があると聞いていますよ」

「今は……私のことは関係ないでしょう」

「別に貴方の出身について言及しているわけではありません。そう聞こえたのなら申し訳ありませんね」

謝罪を口にしたハマンは穏やかに微笑んでいる。

けれど、アリィにはその笑みがひどく歪《ゆが》んで見えた。

事なかれ主義で金以外には興味がなく、貴族派の中でも平民にも分け隔てないと聞いていたが、少々違うようだ。平民出身のラッセに何やら思うところがあるらしい。

たとえ関わらないよう言われた相手であっても見過ごすことはできなかった。

「ハマン主教様、私のパンが何か？」

アリィが口を挟めば、ハマンは笑みを浮かべたまま口を開く。

「所詮《しょせん》はパンです。誰《だれ》が焼いても同じでしょうが……。聖女アリィ、大神殿のために、『聖なるパン』を焼いてほしいのですよ」

優しげな表情で、声を荒らげているわけでもない。

だというのに、物凄《ものすご》く不快だ。

アリィの作るパンは、誰かの幸福の手伝いをするものであって、特定の何かのためにパンを焼くわけではない。しかも誰が焼いても同じだなんて、これまで懸命に修業してきたアリィへの冒涜《ぼうとく》だ。

何より、デリ・バレドを馬鹿にしている。

「嫌です」

「は？」

アリィがきっぱりと告げれば、ハマンの笑顔にぴきりとひびが入った。

ラッセが隣でふっと吹き出すように笑う気配もする。

「すみません、奉仕の時間になりましたので失礼させていただきます」

アリィはろくな逃げ口上が思いつかず、ラッセの手を取って踵《きびす》を返すと、ぽかんとするハマンをおいてさっさと本殿を後にした。

ずかずかと進んで本殿からハマンが追ってこないことを確認すると、アリィはラッセから手を放した。

「随分積極的だね、アリィちゃん。そんなに早く僕と二人っきりになりたかったの？」

いつもの軽薄な笑みを浮かべたラッセに、アリィは冷めた一瞥《いちべつ》を投げる。

へらへらしているが、ハマンからの明確な悪意を感じ取れないほど愚か者には思えない。

「ハマン様とはあまり関わらないほうがよろしいかと思われます」

「突然、どうしたの」

ぱちくりと瞬《まばた》きを繰り返すラッセは、だが誤魔化しきれなくなったのか再度吹き出した。

「ふはっ、ごめん。やっぱり無理だな。わかってるよ、あっちは貴族派の主教様だ。大方ビルオ様に嫌がらせがしたくて僕に絡んでくるんだろう。一応、僕はビルオ様のお気に入りってことになっているからね」

「お気に入り……？」

あの仏頂面《ぶっちょうづら》ばかりのビルオがラッセを可愛《かわい》がっている姿など想像がつかない。表情からアリィの考えはラッセに伝わったらしい。

「小間使いとしてってことだよ。平民出身同士で気楽らしい。中位階梯《かいてい》にあげてくれたのがビルオ様だから、僕としても便利に使われてあげているんだ」

また派閥問題である。

ひとまずハマンの悪意に気づいているなら何よりだ。アリィは頭を下げた。

「いえ、余計な忠告をして申し訳ありません。それでは、本当に奉仕がありますので、失礼します」


次の日朝食を終えたアリィがカウネと連れだって自室を出たところで、一人の聖騎士に呼び止められた。見知らぬ顔だが、男は尊大な態度を隠しもしない。

「聖女アリィ、高位聖女のマクステラ様がお呼びです。一緒に来ていただきたい」

「これからご奉仕に向かわねばなりません。女神様へのお勤めを阻むことはどなたもできませんでしょう?」

ついにマクステラからの呼び出しらしい。サラントが心配していたことが現実になる。

食事内容を改善したことで、平民の聖女、神官たちは毎日満足そうだ。その評判を聞きつけて、直接アリィを糾弾するつもりなのだろう。それがわかっていて、うかうかとついていくわけもない。

レンソルは彼女を疑っているが、アリィとしてはこんな呼び出しに応じるつもりはない。

男はアリィが動かないことを知ると、焦《じ》れたように声高に告げた。

「聖女アリィ、さっさとついてこぬか。高位聖女様のご意向ですぞ！」

「では、ビルオ様に許可を取ってください。本日は、失礼させていただきます」

カウネの手を引いて、男の返事も待たずに神殿の入り口に向かう。

「アリィ、従わなくて大丈夫でしょうか」

「何を言われるかわかりませんからね。ただビルオ様では、すぐに許可が下りてしまいそうですが」

時間があれば対策をたてたいところだ。好き勝手している低位聖女を懲らしめてやるくらいならばいいが、どのような言いがかりをつけてくるかわからない。

ミリアルドもどこかで見ているだろう。

昨日のラッセとハマン主教のことでも一人で対峙《たいじ》したことを怒られたばかりだ。ただ『聖なるパン』を作れと言われたとアリィが報告したところ意味不明すぎるとミリアルドも首を傾げていたが。

こんな場面を見たら相当にやきもきして、慌てて飛び出してくるのではないかと肝を冷やす。うっかり出てこないことを願うばかりだ。

治療院の小屋に近づけば、今日も患者の長い列が出来上がっていた。

一体彼らは毎朝何時から並んでいるのだろうか。

「聖女アリィ、お疲れですか？」

眺めつつ小屋に入れば、すぐに心配そうな声をかけられた。もう一人の担当聖女であるナイルアだ。痛みを和らげる治癒の神聖魔法が得意であるため、治療院に割り当てられることが多い。

ちなみに彼女の同室は最初に礼拝堂の清掃に行った際にいろいろと話をしてくれた低位聖女であ

る。ソイヤという名前であると後から知った。ソイヤはいつも清掃に駆り出されるらしく、今日もどこかの神殿を掃除しているらしい。そっと心の中で早く終わるよう祈りを捧《ささ》げておく。

「いいえ、何でもありませんわ。今日もしっかり働きますね」

すでに神官は治療に当たっている。小さな椅子《いす》に座った初老の男が、神官に向かって訥々《とつとつ》と体の痛みを訴えていた。

聞くところによると、膝《ひざ》が痛んで夜眠れないらしい。

神官は塗り薬を処方していた。

このあとナイルアが、痛みを和らげるような魔法を施すのだろう。

「聖女アリィ、もし疲れていたら早めに申し出てくださいね。くれぐれも無理をなさらないように」

おっとりとしたナイルアが柔らかく微笑《ほほえ》んだ。その笑顔に元気をもらい、アリィは並んでいる人たちが少しでも早く帰れるように、寄付金箱を持って外へと向かう。カウネも同じように続いて、それぞれに手分けしてやってきた人の事情を聞いていく。

「今日は、どうされましたか」

「梯子《はしご》から転げ落ちて、腕が痛むんだ」

ちゃりんと銅貨を寄付金箱に入れた男が、顔を顰《しか》めた。

アリィは、軽く治癒を祈っておく。もちろん寄付金に見合う程度にだ。その後、神官から痛み止めの薬草を渡され、ナイルアから手当てを受けるだろうが、それはそれである。

「女神様のご加護がありますように」

「ああ、話を聞いてもらえるだけでなんだか痛みもなくなったよ。ありがとう、聖女様」

「いえいえ、これも女神様の御心《みこころ》でございます」

深々と頭を下げて、次に並んでいる人のもとへと行く。

これを毎日順番に繰り返していくのだ。

人の話をずっと聞くというのは、なかなか骨が折れる。だがパン屋で一年間売り子をしていたので、なんということはない。カウネも人当たりがよいので、うまくやっているようだ。

ナイルアはどちらかといえば治療専門なので、あまり自分には向かない仕事だとアリィとカウネの働きに喜んでいた。それぞれの立場があって、神殿の業務は成り立っているのだと実感した。

これに関しては、聖女として外に出ることにしてよかったと思ったほどだ。

一日引き籠《こも》って、たまに貴族や金持ち相手に祈ってあげていた大聖女の時とはわけが違う。労働をしているという実感がわく。

そうして、列を半分ほど過ぎた頃《ころ》のことだった。

「お願いです、やめてください」

「どうせ、死ぬだろ。なら、さっさと帰って静かに寝かせてやれ」

言い争う声が少しずつ大きくなり、列に並んでいた男が女性を乱暴に突き飛ばした。その途端に、女性とは別のか細い泣き声があがる。

女性の腕の中にいる、布でしっかりとくるまれた小さな赤子だった。

「女神様の御前ですよ、何をなさっているのです」

「せ、聖女様……」

倒れた女性が地面に座り込みながら弱々しくアリィを見上げてくる。

男は苦々しげな顔をした。

「見ろよ、聖女様。こんな死にかけの赤子、どうせもう助からない。家で看取《みと》ってやるほうがよっぽど親切だろ」

「生死を決めるのは人の権限ではありませんよ。貴方は女神様のようにお偉いのですか」

静かに問いかければ、男はぐっと黙った。

女性がほろほろと涙を流す。

「昨日から熱が下がらなくて……谷冷えだとは思うのですが。もう乳もほとんど飲まなくなりました……どうか、助けてください」

谷冷えは、谷から吹き付ける冷たい風に当たって起こす風邪のことだ。咳《せき》や頭痛、発熱、ときに下痢などの症状を引き起こす。赤子は息も弱く顔色も悪い。男が言うように確かに、長くはないように見えた。

だがこれは、本当に谷冷えだろうか？

確かにここ数日谷冷えの患者が増えているのは間違いないが、アリィの目には赤子と女にまとわりつく黒い靄《もや》がしっかりと見えている。ただの病に、こんなに黒い靄がまとわりつくはずがないのだ。誰かの悪意がつくほどの、何をしたというのか。

本能的にヤバいものだと察する。

考え込むアリィの手を、女性は赤子を抱えつつ、縋《すが》るように握った。

その手は驚くほど熱い。

患者は、二人だ。

何にしても母子ともに患っているのは間違いない。瞬時にアリィは二人のために治癒と浄化を祈った。

金額に応じた祈りだなんて、言っている場合ではない。

黒い靄が晴れたことを確認しつつ、そっと女の手を引く。

「そうですね、この様子ではどうすることもできませんわ。一度、家に帰ったほうがよろしいですわ。

カウネ、申し訳ないけれど私、この二人をお送りしてきます」

「え、ええ。わかりました。気を付けて」

カウネは何か言いたげな様子ではあったが、結局は頷《うなず》いた。

「行きましょう」

「は、はい」

有無を言わせず女性の手を引いたまま、急いで列を離れる。

治療院から聖都に向かう坂の途中の人気《ひとけ》のないところまで来ると、アリィはもう一度女性をしっかりと見つめた。

「あ、あの聖女、様……先ほどもしかして力を使っていただきました……？　なんだか体が楽になったような気がするのですけれど」

「私の力は一時的なものです。それよりも、どうやらこれは谷冷えではないように思います。同じような症状の方が貴女《あなた》の周りにもいませんか?」

この母子だけならそれほど大きな問題はないが、悪意が他《ほか》の者たちにも及んでいるのだとしたら、困ったことになる。

「そうですね、隣の家なども同じような様子でした。あの列にも顔見知りがたくさん並んでいましたから、他にもいると思います」

ここに自分の足で来られる者は今すぐ治癒が必要なほど深刻な症状ではない。黒い靄も見えなかった。つまり、動けなくなっている人が危ない。

アリィは背中がゾワゾワする嫌な予感とともに大きな不安に襲われた。

「聖都に行くなら着いていくぞ」

後ろから追いかけてきたミリアルドが横に並ぶのを確認して、アリィは女性と共に平民街へと向かった。

パン屋デリ・バレドがある場所とはかなり離れた一角に、彼女の家はあった。存外に、平民街も広いのだなと感慨深くなる。

「谷冷えではない、というのはどういうことだ?」

「似ていることは確かなのですけれど、おそらく別の病……ではないかと?」

ミリアルドに耳打ちすれば、彼はむっつりと押し黙った。アリィの祈りでは根源を消去してしまうので、なんの病かを特定できないのだ。

もし流行病《はやりやまい》ならば、早期に対処しなければ大変なことになる。ただそうだとしたら、黒い靄の理由がつかない。原因の究明については、治療院に並んでいる人たちから推測できないだろうかと考えたが、どちらにせよ時間がかかる。

「あそこが、私たちの家になります。あら、何をしているのかしら」

女性が自分の家を示した。連なった家のうちのどれか一つだろう。くすんだ壁に日に焼けた屋根ではあるが、一般的な家屋だ。だが、何かに気が付いた女性が不思議そうに声をあげた。

家の前に停《と》まっている荷車の車輪の傍《そば》でうずくまる男と、周囲を見張るように立っている男がいる。

格好は平民のようだが、雰囲気は荒くれ者だ。

見張っていた男が急《せ》かして、しゃがみこんでいる男の背中を叩《たた》いた。

「――おい、早くしろ。こんなところで目立つわけにはいかないだろうが」

「わかってるけど。くそっ、嵌《はま》って動かないんだよ」

言いながら、見張りの男がこちらを見て舌打ちした。

元大聖女の勘とでも言おうか、ほとんど無意識に体が動いていた。

「義兄《にい》様、あれ、手伝いましょう」

「アリィ？」

男たちのもとに向けてつかつかと歩き出したアリィにミリアルドが後ろから名前を呼ぶが、それに被《かぶ》せるように見張っていた男が睨《にら》みつけてくる。

「なんだよ、じろじろ見てんじゃねぇぞ」

「お手伝いしましょう。車輪が嵌って動かないんですよね。荷台の荷物が重すぎるんじゃないですか？」

「はあ？　いらねえよ。構うんじゃねえ」

男がアリィを追い払おうと近づいてきたので、ミリアルドがとっさにアリィをぐいっと抱き寄せて、代わりに長い脚を出した。

それにひっかかって、男が盛大に転ぶ。

「うわっ」

「人の連れに何してくれてんだ。やんのか!?」

しゃがみこんでいた男も突然の事態に、こちらへ突っかかってくる。

「ああ、こういうの久しぶりだな。アリィ、危ないから後ろに下がってろ」

アリィを放して背中で庇《かば》いながら、ミリアルドの声は楽しげだ。

「わりぃわりぃ、俺の可愛《かわい》い義妹《いもうと》が、困っていたから助けてあげようと声を掛けただけなんだが。なんでそんなに喧嘩腰《けんかごし》なんだよ。人の親切を無にしちゃだめだろ？」

ミリアルドの言葉に男たちが鼻白む。

「妹の前でいい格好したいみたいだがな、粋がった兄ちゃんにつきあう義理はないんだよっ」

ミリアルドの余裕ぶった態度に男たちは聞く耳を持たないようだ。気分を害して、地を荒々しく蹴《け》って飛びかかってきた。

アリィは思わず身をすくませるが、ミリアルドの広い背中は少しも揺るがない。

最初に突っかかってきた男がミリアルドの目前まで迫り、顔面めがけて拳《こぶし》を繰り出した。ミリアルドはその腕を掴《つか》むと、ぐぎりと方向を変える。男が短く呻《うめ》き、盛大に顔を顰めた。だが義兄の行動はそれだけでは終わらない。遅れて飛びかかってきたもう一人の男に向かって、一人目の男を放《ほう》り投げる。ぐべっと潰《つぶ》れた悲鳴をあげた男は、目を回して伸びてしまった。上に乗った男の腹を足で踏みつけ、ミリアルドがアリィを見やる。

一瞬の出来事だった。

「え?」

「まったく、どう見てもヤバそうなのに突っかかっていくなよ。予測がつかないから護《まも》りづらくて困るんだ。本当に大聖女様みたいなことする奴《やつ》だな」

どことなく怒りを帯びた声に、アリィはびくりと肩を震わせ仰ぎ見る。自分を見下ろすミリアルドの瞳には、心配の色が見てとれた。

「おい、聞いているのか?」

声は怒りで硬質だが、アリィはそれを聞いてふっと力が抜けた。安心が胸に満ちる。だが義兄は急に慌てた声を出した。

「なんだよ、返事しろ。どっか怪我《けが》したのか?」

「ううん、大丈夫……です。彼らは平気でしょうか?」

「すぐに立てないくらいには加減した。アリィ、こいつらに聞きたいことがあるんだろ? 憲兵に引き渡す前に聞いてみろ」

さすが元大聖女の近衛だ。力加減が絶妙すぎる。アリィは義兄の技量に感心しつつ、男たちに近づいた。

ミリアルドに踏みつけられたままの男は憎々しげに舌打ちをする。ぐったりとしているくせに、意志だけは強い。

「貴方《あなた》たちは先ほどあそこで何をされていらしたのでしょう?」

「……お前に、言う必要はねえ……」

口を割る気がないようだが、頑《かたく》なな様子がますます怪しい。

ならばとアリィは荷台に近づいて、こんもりとした覆いをばさりと外す。そこにはぎっしりと詰まれた麻袋があった。中身を確認すれば――小麦だ。しかも、この麻袋は神殿の厨房《ちゅうぼう》に卸されている小麦と同じものだ。

「小麦ですね?」

「なんだよ、俺たちが小麦を運んでちゃおかしいってのかっ?」

「今、平民街における小麦の価格は高騰していて、商人の方でもなければここまで手に入れるのは相当難しいです。見たところ、貴方がたは商人とは違うようですが……一体どちらに運ぶ予定だったのですか」

「どこだって、関係ないだろっ」

アリィの追及に、男が目を泳がせたのを見逃さなかった。

アリィは男に笑顔を向けると、一歩下がる。

「どうするんだ？」

「ふふ、見ていてくださいませ！」

ミリアルドにそう言って、アリィは全力で彼に恍惚《こうこつ》を祈る。

恍惚、恍惚、恍惚からの快癒。一度正気に戻してからの恍惚、恍惚、恍惚——。

永遠に続く昇天は、男たちの脳みそを蕩《とろ》かした。例えるなら、酒を飲んで酩酊《めいてい》している状態だ。

「小麦を、どこに、運ぶつもりでした？」

「……そ、倉、庫……」

ふわふわと呂律《ろれつ》の回らない言葉で男が口にした。

ミリアルドが息を呑《の》む。

「ここにある分だけじゃ、ないですよね。誰《だれ》に頼まれました？」

「あ……神官の、アニキに……頼まれて……」

「兄貴さん？　お名前は？」

「アニキは……アニキだ……世話に、なってる……」

「なるほど。ご協力、ありがとうございました」

これ以上彼らから情報は得られなそうだ。この祈りは、相手が従順になるけれど、思考力が鈍るのが問題だ。

しかし、一見ならず者のような存在とつながりのある神官の兄貴とは誰のことだろうか。

まずまずの話が聞けたので満足したアリィが眠りを祈れば、男たちは深く眠り込んだ。ミリアルドは男の腹から足をどけながら神妙な顔をして言った。

「こいつらに何したかはわからないが、アリィを怒らせるのだけはやめとこう……」

「なんです、義兄様？」

「なんでもない」

「？　ところで、この男たち、知り合いではありませんよね？」

要領を得ないミリアルドの態度はおいておくとして、事の成り行きを横で心配そうにおろおろ見守っていた女性に問いかける。

「は、はい。まったく見覚えはありません……」

「そうですか。では、この辺に倉庫のような建物はありませんか？」

「街外れに使い古された倉庫街があります。そういえば、そちらのほうで最近見知らぬ人の出入りが多いという話を聞いたような……？」

男は小麦を倉庫に運ぶと話していたので、おそらくその場所で間違いないだろう。

アリィがミリアルドを見やれば、彼は肩を竦《すく》めただけだった。

「その倉庫街に案内してもらってよろしいですか」

「は、はい！」

「けれど、その前にこちらも片付けましょう」

アリィは女性が住むという家を含んだ地域一帯が黒い靄《もや》で覆われているのを見て、浄化と治癒を祈る。これで谷冷えに近い症状の人たちが、大事に至ることはないだろう。

「アリィ、何を片付けるんだ？」

「いえ、もう済みました。では、行きましょうか」

近所の人たちに憲兵を呼んで男たちを引き渡すよう頼み、アリィとミリアルドは女性の案内に従って倉庫街へと向かうのだった。


「で、その倉庫に忍び込んだのですか⁉」

食堂で夕食を食べ終えた後に今日一日の報告を自室ですれば、カウネが素っ頓狂《すっとんきょう》な声をあげた。

カウネの膝上《ひざうえ》で丸くなっていたモモがびくりとしたけれど、すぐに興味がなさそうに目を閉じる。

『そちが忍び込むのは無理よの』

さすが愛猫は長年傍にいるアリィのことをよくわかっている。アリィの運動神経は並である。むしろちょっとどんくさいかもしれない。

「見張りがいたので、私が注意をひきつけている間に、義兄《にい》様がささっと確認してくださいました。本当に凄《すご》かったんですよ、あっという間の出来事でした！」

アリィがはしゃいだ声を出せば、カウネは驚きのまま戸惑った。

「え、ええ？　ミリアルド様が凄いのはなんとなくわかりますけど、アリィはどうやって見張りの注意をひいたのです？　危なくはなかったのですか」

心配な様子を滲《にじ》ませて問いかけるカウネに、アリィははしゃいだことを反省した。

「危ないことは何もありませんわ。ただ彼らの注意が義兄様に向きませんように、と祈っていただけですもの。その隙《すき》に義兄様がすっと倉庫に近寄って……あの軽やかな身のこなし、カウネにも見せてあげたかったほどですわ。高い壁をさっと駆けあがって、高い位置にある天窓からひょいっと中の様子を窺《うかが》ってしまうのです！」

ミリアルドは天窓から軽快に戻ってきて、大量の小麦を確認したと伝えてきたのだ。

「アリィ様、ミリアルド様が調子に乗るのでそれ以上褒めるのはおやめください」

アリィが興奮して拳を振り回せば、ぴしゃりとミーティに窘《たしな》められた。

彼女は現在、ミリアルドを叱《しか》りつけ中である。

アリィの護衛なのに、危ないことに進んで首を突っ込ませるなんてと厳しい顔つきで説教されているのだ。さすがのミリアルドもミーティの説教には弱いようで、項垂《うなだ》れて聞いている。けれど、そわそわと体が揺れているところを見ると、喜んでいるのは確かなようだ。

「はあ、アリィは本当に凄いですね……」

カウネが感嘆の息を吐きながら、ソファに深く体を沈み込ませた。聞いているだけで疲れたのかもしれない。

「凄いのは義兄様ですよ？」

アリィがきょとんとして告げれば、カウネは苦笑した。

「凄さをわかっていないところが、凄いです」

「？」

「それで、小麦を見つけたら次はどうするのですか。犯人はまだわからないのですよね？」

カウネがモモの銀色の毛並みを撫《な》でながら穏やかに問う。

「兄貴なる神官が誰のことかは手掛かりすらありませんが、義兄様が見たところ小麦は倉庫一杯にあったそうです。小麦買い占め犯があの倉庫に備蓄していたのは間違いないと思います」

小麦の在処《ありか》はわかった。ただ、この後どう対処すべきか悩ましいところだ。買い占め犯の目的がわからないことには、ただ備蓄していただけと言われて逃げられてしまう可能性もある。

「あの大量の小麦を、街の皆さんに配れたらいいのに……」

ほうっとため息をつけば、カウネはまっすぐにアリィを見つめた。

「私も、アリィにもっと協力できればいいのですが」

「カウネが私の分まで聖女の奉仕をしてくださるので、こうやって好き勝手動けるのです」

十分に協力してもらっていると伝えれば、カウネは力なく首を横に振った。

「小麦の保管場所はアリィが見つけたではないですか。私も何かできればいいと思ってしまって」

カウネは苦笑しつつ答える。

「カウネの気持ちだけで本当に嬉《うれ》しいんですよ。こうして寄り添って心配してくださるだけで十分です。友達ってそういうものですよね？」

アリィにはこれまで友達と呼べる存在がいなかったので、正解かどうかはわからない。

けれど、ミーティとデラを長年見てきたので友達がどういうものかはなんとなく知っているつもりだ。二人は同僚だけれど、親友同士だと言っていた。喧嘩《けんか》もするけれど、すぐに仲直りもする。

そしてお互いをいつも心配して、励まし合っていた。

だから、アリィは力を込めてカウネを見つめた。

「ありがとうございます、アリィ」

カウネが柔らかく微笑《ほほえ》んでくれたので、お互いに笑い合った。


次の日、また治療院で患者の世話に励んでいると、不意に声をかけられた。

「私の呼び出しに散々無視をするというのは、どういうおつもりかしら」

高慢な物言いに顔をあげれば、見知った顔が入り口の扉の前で仁王立ちしている。

冷ややかな声は耳馴染《みみなじ》みのあるものだ。

変わらないなと思いつつ、とうとう乗り込んできたのかと呆《あき》れる。

わざわざこんな大神殿の一番外れの治療院までやってくるなんて。

管轄違いの仕事だから随分と場違いだろうに。

申し出を断ってまだ一日しか経《た》っていないというのに、せっかちなことだ。

「勘違いしてらっしゃるのかもしれませんが、加護持ち聖女でも低位であればそれほど偉いものではありませんわよ？」

彼女の格好は純白の聖女衣。高位聖女の証《あかし》だ。髪を覆うヴェールは被《かぶ》っておらず、銀色の派手なリボンの髪飾りが輝く。神聖魔法の力が弱い聖女はやたらと銀を纏《まと》う。その典型だ。貴族令嬢のような身だしなみは完全な規律違反だが、彼女に文句を言える人はもはや女官のリンゼくらいだろう。

太陽の光よりも濃い黄金の髪と、緑の瞳《ひとみ》には自信が漲《みなぎ》る。腕には銀色の細い腕輪が幾つも連なってしゃらしゃらと音をたてていた。

高位聖女のマクステラ・バーミヤ侯爵令嬢だ。

彼女は大神殿に入ると家名を捨てるという規則を無視し、権力でもって大神殿を治めていた。侯爵令嬢らしいふるまいを隠すこともない。

以前からの変わらない姿に、懐かしさすらこみ上げた。

「どちら様でしょう？」

「まったく、ここで私を知らないだなんて。無知を恥じなさい」

「こちらの方は高位聖女であらせられるマクステラ・バーミヤ様です」

昨日、アリィを部屋まで呼び出しにきた聖騎士が、居丈高に胸を張る。

「今、忙しいので後にしてもらってもよろしいですか」

「は、はぁ？」

何を言われたのかわからないと言うように、マクステラは目を瞬いた。

彼女の登場で後ろに並んでいた患者が、所在無げにオロオロしている。

「こちらに、どうぞ。スンさん、その後の痛みはどうでした？」

「え、え、あ、あの、いいんですか？」

スンはアリィが治療院に派遣された初日に、大怪我《おおけが》で運ばれてきた壮年の男だ。

商売人で、暴走した馬車にはね飛ばされたらしく本人は腕が痛いと訴えていたが、実は大変だったのは頭だ。治療院に着いた途端に真っ青になってひっくり返ったため、目立つ怪我以外はこっそり治癒を祈っておいた経緯がある。

「どこかまた痛みましたか？」

「あ、はい。まだ少し腕が痛むので、手当てをお願いしたくて」

「わかりました、聖女ナイルア。お願いしてもよろしいですか」

「は、はい。畏《かしこ》まりました。こちらへどうぞ」

傍《そば》でハラハラしながら見守っていたナイルアに連れられて、治療に向かうスンを見送ると、怒りに顔を真っ赤にしたマクステラが喚《わめ》き始めた。

「私を蔑《ないがし》ろにするのは、許しませんわよっ。大体身の程も弁《わきま》えずに食堂では随分と贅沢《ぜいたく》な食事を作っているそうですわね。低位なら低位らしく質素に過ごすべきでしょう！」

「ですから、今はご覧のように忙しいのです。そんな言いがかりを聞いている暇などありません。どうせなら手伝っていかれます？」

「私に、平民の相手をしろとおっしゃるの？」

「おかしなことを。神殿では身分に関係なく、女神様の御前で等しく平等ですわ。もしかしてご存じないのですか？」

「同じはずがないでしょう。私は選ばれた尊い存在ですわよ」

怒りにうち震えている彼女に憐《あわ》れみの視線を向ける。

マクステラは十歳で高位聖女として大神殿にやってきた。アリィが七歳の時だ。王太子の婚約者が大聖女といえども、平民では箔《はく》がつかないと言い出した貴族派の主教であるダレマカタの介入によってだ。

力の差は歴然でアリィの地位は揺るがなかったが、彼女は実家に戻ることなくずっとアリィを目の敵にして、追い落とそうと足掻《あが》いていた。小さな嫌がらせばかりを繰り返して。

視野の狭い世界で生きている彼女には、同情しか感じない。

レンソルは彼女が大聖女を毒殺した容疑者の筆頭と捉《とら》えているようだが、もし彼女が犯人であるのなら、アリィは喜んで大聖女の立場を譲りたかった。

権力もあって、金も持っている。もちろん輝かしい美貌《びぼう》だって。彼女が望んで手に入らないものは大聖女の椅子《いす》くらいだろう。

だからこそ、アリィは彼女が犯人ではないと改めて思うのだ。

虚栄心が強く、プライドの塊《かたまり》のような彼女だからこそ、一瞬で聖女を屠《ほふ》ることができる毒を盛るとは思えない。

毒を飲んだ日に、それほど成り代わりたいなら勝手にすればいいと自棄《やけ》になったのは、アリィに対抗しようとする努力もなく卑怯《ひきょう》な方法で奪いたいと願った相手に対してだ。手っ取り早く殺すという方法で大聖女の地位を奪いたいのなら、さっさと奪えばいいと。

あの時の虚無感を思い出して、アリィの声は知らず低くなった。

「では、ここに用はないでしょう。お帰りください」

彼女の横を通って出ていけとばかりに扉を開けて告げれば、マクステラが怒りの形相で大きく手を上げ――アリィの頰《ほお》めがけて振り下ろした。


「何をしている」


マクステラの振り下ろした手を、ぱしりと掴《つか》む者がいた。

落ち着いた声は冷え冷えとしていて、聞く者を震え上がらせるほどだ。

それは恐ろしく背の高い男だった。細身だが、引き締まった体躯《たいく》は一切の無駄がなく、怜悧《れいり》な刃を思わせる。

ハニーブロンドの髪はやや長く、目にかかるほど。金色の瞳は甘さを持たない硬質さで、炯々《けいけい》と光る。一見、線の細い印象を受けるが弱々しさはどこにもなく、整った美貌はどこまでも冷たい印象を与える。高い鼻梁《びりよう》に薄い唇。だが優雅な動きに気品はあれど、優しさはない。生まれながらの為政者とは、きっと彼のことを言うのだ。

この国の王太子は、神殿の教皇と主教が総意で選ぶ。候補は何人もいたが、彼に決まったのは幼い頃《ころ》だと聞いている。昔から、今の地位を約束されていた男なのだ。

ネオイアス・シュバルツアイ。

王太子殿下その人である。

「で、殿下……っ、この不届き者に格の違いというものをお教えしていたところです」

手を払って、慌てて告げるマクステラの顔は真っ青だ。

蛇に睨《にら》まれた蛙《かえる》でも、ここまで青くはならないだろう。

「殿下こそ、このような場所になぜ……」

「用事があるからだ。俺の時間を無駄に邪魔するならば、即刻首をはねてやるが？」

「も、申し訳ありません……失礼いたしますっ」

聖騎士を連れて、逃げるように慌ててマクステラは出ていった。

ぽかんとしてアリィがその背中を見送っていると、彼女は盛大にこけた。すかさず聖騎士が抱き
抱えているが、マクステラは今にも泣き出しそうになっている。間が悪く、肝心なところで詰めが
甘く、ドジだ。散々嫌がらせをされても、なぜかアリィが彼女を憎めない最大の所以《ゆえん》でもある。

アリィはマクステラの治癒を祈っておく。

彼女は驚いたように周囲を見回しているが、後ろを振り返ることはない。よほど、ネオイアスの
脅しが効いたのだろう。

だから、普段からもう少し優しい表情を作って、服装も明るい色にしたほうがいいと助言してい
たのだが――。

アリィは隣に並び立つ漆黒の衣を纏《まと》った男に視線を移す。

彼は華美な衣装は好まず常に灰色か藍色《あいいろ》を好んだ。だが黒一色を着ているのは初めて見た。

恐ろしいくらいに似合っているが、威圧感も増している。これではますます近寄りがたい雰囲気

だ。

彼はどこまで孤高の王太子になりたいのか。相変わらず従者も連れていない。護衛も近くにいないようだ。剣術には自信があるらしいが、それでも物騒なことこの上ない。

元婚約者に久しぶりに会ったが、増長している孤独な気配にアリィとしてはため息を漏らしてしまった。

そんな彼はしげしげとアリィを見つめたまま、固まっている。

時折口を開くが、言葉が出てこない。

なんだろう、緊張感が凄《すご》い。

空気が凍っている気がする。

仕方なしに、アリィはネオイアスといた時のように安らぎと鎮静を祈る。

張り詰めた空気を纏うのは彼の十八番《おはこ》だ。王太子という立場では、致し方ないのかもしれないが。

「あの、こちらにはどのようなご用件でいらっしゃいましたか？」

「君の名を……」

「はい？」

よく聞こえなくて、思わず問い返していた。

「君の名前を、教えてほしい」

この国で多忙な人上位に入るほどの彼が、一体何を言い出すのかと、アリィはきょとんとしてしまった。

マクステラを威嚇して追い出すほどの用事がそれでいいのだろうか。

本当に？

「え、えと。アリィと申します」

「そうか……アリィか、そうか」

ぼそぼそと呟《つぶや》く声は僅《わず》かに震えていた。まるで長年切望していた宝物を手に入れたかのような、至福に満ちた声だった。

アリィに事情はさっぱりわからないので、内心で首を傾《かし》げるだけだけれど。

突然現れた王太子に、この場の責任者である神官が慌ててやってきた。

「殿下、このような場所にわざわざご足労いただき申し訳ございません。それで、本日はどういったご用件で……？」

「こちらから昨日の件について報告書が届いたので、急ぎ確認にやってきたのだ。詳しい状況を聞きたい、少し時間をもらってもいいか」

ネオイアスは先ほどのしどろもどろな様子から、打って変わってきびきびと答える。

最初からそう言えばいいだろうに、とアリィが呆れていると、神官が昨日の患者についてはアリィが詳しいと説明してくれた。

「報告書にも君の名前があったな。では、この後教皇猊下《げいか》にお会いする予定だ。猊下にいろいろと相談したいこともある。一緒に来てくれるか」

なるほど、報告した人物に話が聞きたくてわざわざ来たのか。詳しい説明もないまま突然名前を聞かれたから困惑してしまった。

しかし、教皇は不味《まず》い。

アリィが大神殿で一番会いたくない人物のトップにいる。もうぶっちぎりのトップだ。

なぜなら、アリィを六歳で大聖女にすると決めたのは彼だし、アリィの本当の顔も年齢も知っている。

つまりアリィのかつての保護者。

もちろんアリィが毒で死なないことも知っている。

アリィという名前が大聖女でいた時の名の一部であることも見当がついているに違いない。そうなるとミリアルドの義妹《いもうと》になって、ここで低位聖女として働いていることもすでに知っているだろう。書類を見て、聖女としての適性を見極めるのは、彼なのだから。

にもかかわらず、今日までなんの反応も見せてこなかった。

正直言って怖い。

反応がないのがむしろ怖すぎる。顔を見たところで本気で表情が読めない相手なのだから。

「そうですね、では聖女アリィ。王太子殿下を案内して差し上げてください」

「ひえっ、私、ですか……いや、でも、ちょっと、難しいような……？」

「何か用事があるなら、待っているが」

「殿下をお待たせするなんて恐れ多いことでございます。とくに急ぎの用件はありませんよ」

アリィが答えるよりも早く神官が答えて、治療院から追い出すかのように急《せ》かされた。

身分なく平等を謳《うた》う大神殿でも、王太子殿下はそれなりの権力がある。

「うん、ではよろしく頼む」

ネオイアスが頷《うなず》いた瞬間、アリィには拒否権がなくなった。


主殿の一番上の部屋に教皇の謁見の間がある。

赤い毛足の長い絨毯《じゅうたん》がまっすぐに伸びた先、三段ほど高くなった場所に豪奢《ごうしゃ》な椅子がポツンと置かれていた。そこに座するのが、教皇だ。

彼の背後には女神像が掲げられ、慈愛の微笑《ほほえ》みを浮かべている。

その表情とまったく同じ笑みをした老齢の男。

小柄だが、背はぴんと伸びており、深い皺《しわ》が刻まれた顔は艶々《つやつや》している。穏和を絵に描《か》いたような穏やかな雰囲気だ。

だが、アリィはごくりと唾《つば》を飲み込んだ。

クウリカ正教の第五十六代教皇アインリッヒ。

「よく来ましたね。さぁ、お話を聞かせてください」

彼は穏やかな口調だが、目が少しも笑っていなかった。ネオイアスは構わずに、いつものように淡々としている。

ここで動揺を見せてはいけない。アリィはなんとか平常心を取り戻した。

「猊下、お時間をいただいて申し訳ない。昨日発覚した流行病《はやりやまい》について報告をさせてほしい。彼女は聖女アリィ。彼女が発見者であるため、同席してもらった。アリィ、何か間違っているところがあれば教えてくれ」

アリィがネオイアスに向けてこくりと頷けば、教皇は意外にも優しく目を細めた。

「平民街で谷冷えに似た症状の病が見つかった。原因はまだわかっていないが、調査したところ、発生源が一所に集中した流行病のようだ。また昨日、その平民街で怪しい二人組の男が憲兵に捕まった。民家の前で荷台の車輪が穴に嵌ったと騒いでいたらしい。事情を聞けば、大神殿まで荷車一杯の小麦を奉納しに行く途中とのことだった」

「大神殿に小麦を奉納、ですか？　そんな荷車一杯の小麦の奉納など聞いていませんが」

教皇は不思議そうに首を傾げている。

ネオイアスの報告はアリィが男たちから直接聞いた内容とは異なる。

「そうだ。単なる寄進者を勾留《こうりゆう》するのは難しいが、騒ぎの原因として手伝いを申し出た聖女になぜ暴行を加えようとしたかなど、怪しい側面もあることから、憲兵が詳しく取り調べている。ちなみに、その二人組を捕まえたのも、彼女だと聞いた」

「ひえっ、名乗った覚えはありませんが⁉」

どうして、バレているのか。

アリィは目の前の教皇と隣に立つ王太子をそっと窺《うかが》う。片方はにこやかで片方は無表情だ。いつもの表情なので、どちらも感情が読めない。

「銀紫色の髪と瞳《ひとみ》をした低位聖女だったということだが、君以外にいるか？」

「わ、私の髪の色は灰紫色ですヨ……」

書類にもそう書いて提出したはずだ。口を尖《とが》らせてみるが、ネオイアスは取り合わず聞き流すことにしたらしい。

昨日、男たちから聞き出した内容は、小麦袋を倉庫に運ぶように神官に依頼されたということくらいだ。彼らは憲兵たちに大神殿に奉納しに行くと言い張ったのか。内容が食い違うのは、黒幕を隠したいからか。

女性に倉庫の場所を案内してもらう前に、アリィはあの地区一帯に治癒と浄化の祈りを捧《ささ》げた。

アリィとしては、黒い靄《もや》が此度《こたび》の病の原因と関係があると考えている。しかしそんなことを正直に報告するわけにもいかず、一部地域で発生した流行病と言い換えたのだ。一応一帯は浄化したはずなので今後の発生は勘弁願いたいものである。

「しばらく、大神殿はごたついている。大聖女の毒殺を皮切りに、高位聖女たちの体調不良、大聖女付きの近衛《このえ》の追放、加えて今回の流行病だ。正直、もう神殿内だけで対処できないのではないだろうか。もうすぐ大聖女の一周忌もあるのだろう？」

ネオイアスが滔々《とうとう》と語れば、教皇も静かに頷いた。

「そうですね。何かと物騒なことが起きているのは確かです。ですが、噂《うわさ》を広げたのは貴方《あなた》ではありませんか。大聖女の呪《のろ》いだなんだと騒いだおかげで、神殿内は随分と落ち着かないのです」

「それは……まあこちらにも考えがあってのことだが、ここまでの騒ぎはさすがに予想外だった」

大聖女の呪いを恐れて、高位聖女たちが次期大聖女になりたがらない、という意味だろうか。

それにしたってとんだ迷惑だ。風評被害も甚だしい。

アリィは少しも次代の大聖女を呪う気などないし、さっさと擁立してほしいと願っているのに。

「ここ一年、式典などは立派に高位聖女たちが務めてくれましたが、大聖女というのは大神殿の中でも重要な役割なのですよ。信仰の象徴でもある。だというのに、穴を埋めようと頑張ってくれた高位聖女たちが体調を崩したことまで先代大聖女の呪いだなどと騒がれては……皆、不安になるものです。それは殿下も承知しておられると思っておりますが？」

「わかった、わかった。早急に噂は払拭《ふっしょく》すると誓おう。それより今は流行病の件で問いたい。神殿ではどこまで情報を掴《つか》んでいるのか教えていただきたい」

「そうですね。報告の内容通りだと思います。谷冷えに似た流行病が平民街で広まっている、ということだけです」

一旦《いったん》言葉を切って、教皇はひたりとアリィに視線を向ける。

「流行病について、何か気づいたことはありますか？」

「一部地域のみに流行っているのは、何か理由があるのかと思われますが……。それ以上のことは何もわかりません」

おそらく教皇は、アリィが流行病の原因に心当たりがあることをわかっている。ボロを出さないよう知らぬ存ぜぬを貫いた。

「なるほど。では聖女アリィ、神殿へ奉納されるはずだったという小麦の件ですが、彼らが捕縛に至るまでの経緯を聞かせてもらえますか？」

「巷《ちまた》では大神殿が小麦の買い占めを行っていて、民たちがとても困っていると聞いています。大量の小麦を大神殿で集めて何をするつもりだと。にもかかわらず、大神殿ではそんな話を一切聞きませんし、大量に保管された小麦もこの敷地内にはありません。そんな中、荷車一杯に小麦袋を運んでいる男たちを見かけたので、不審に思って声をかけたのです。しかも彼らは、大神殿にではなく倉庫に運ぶと話していました」

「それは憲兵隊が男たちから聞いた話とは異なるな」

「それもそうですが、まず小麦の買い占めの話を私は初めて聞きましたよ」

「小麦の噂は王城にまで届いている。にもかかわらず、大神殿がまったくその話を知らなかったとは……」

ネオイアスの発言に教皇は緩く首を振って、ふぅっと短い息を吐くと、王太子に視線を向ける。

「大神殿が買い占めていると噂の小麦が我々の与《あずか》り知らぬところでいずこかの倉庫に保管されている。これは神殿にとって由々しき事態ですね」

教皇が淡々と事実を話せば、ネオイアスがはっとしたように教皇に顔を向ける。

沈黙がひどく重い。

教皇の知らないところで、暗躍している人物がいる。しかも目的が判明しない。もしかしたら大神殿を陥れようとしているのか……様々な憶測が二人の沈黙に隠れている。

「あ、小麦自体はもう見つかりました」

そんな空気をぶち破るように、アリィはのほほんと答えた。

教皇と王太子が揃《そろ》ってアリィを見る。

「いつの間に……⁉」

「男たちが立ち往生していてくれたのですぐに判明しました。これも女神様のお導きですね」

大神殿に戻ってきて聞き込みを行った当初は、手掛かりの一つもなくて完全にお手上げ状態だった。だが、治療院に来た女性と出会わなければ、おそらく大量の小麦の在処《ありか》や犯人につながる糸口など掴めなかっただろう。まさに女神のお導きだ。

お決まりの文句を唱えれば、教皇は穏やかに微笑んでいる。

「小麦の在処がわかったなら、あとは王家でも協力しよう。しばらくは聖女アリィを神殿から私のもとに派遣していただきたい」

ネオイアスにきっぱりと告げられて、アリィはぎょっとした。

借りられても何もできませんが？

というか、これ以上何を手伝えと？

自分の体は一つしかないので難しいのですが。

反論はすべて心の内で吐露した。

実際には「無理です」の一言しか返せなかったけれど。

そんなアリィをネオイアスは面白そうに見やった。

「何も無理なことはないさ。君を聖女に推薦したのは俺だ。力量もわかっている。まあレンソルからは、まったく報告を上げてこないから不真面目な態度を叱《しか》るようにとお願いされているのだが？」

「‼」

レンソルは王太子派で、確かに殿下とつながっているとは聞いていたけれど。

ビルオが話していたアリィの頭の痛くなる推薦者とは彼のことだったのか。確かに王太子のように身分のある人から推薦を受けた聖女など、低位だとしても扱いに困るだろう。思わず納得してしまった。

それに神殿に来てからレンソルに報告できるほど聖女たちの動向を探っていないのも事実だ。だからといってネオイアスに言いつけるのはいかがなものか。

「わかりました。では聖女アリィ。殿下によく仕えなさい」

「かしこまりました」

深々と頭を下げることしか、できない。

なんだかどんどん深みに嵌《はま》っている気がする。

最初はレンソルの頼みとアリィの思惑もあり、大神殿に戻ってきた。それがいつの間にこんなところまで来てしまったのか。

小麦の買い占め犯を捕まえたかっただけなのに、余計な問題が次々と起こる。しかも足を突っ込んでしまったが最後、もはや抜け出せない匂《にお》いがぷんぷんしている。頼むからこのまま神殿に居つくのだけは心底勘弁願いたい。アリィはただ、幸せのお手伝いをするパンが作りたいだけなのだ。

「ところで猊下《げいか》。此度の流行病がこれ以上蔓延《まんえん》しないよう、陛下からは大神殿で大規模ミサを行うよう要請を受けている」

大規模ミサとは、教皇を始め主教以下神官、女官、聖女たちが一斉に礼拝堂で祈祷《きとう》を行うことで、神殿関係者全員が一堂に駆り出される一大行事だ。

「大聖女様の一周忌前ですよ？」

温厚な教皇も、さすがにその要請に戸惑いを隠せないようだ。聖女たちへの負担が大きいのだろう。

「信徒たちの不安を払拭するのも神殿の務めだろうと仰せだ」

「……致し方ありませんね」

渋々教皇が頷いた。

アリィはふとネオイアスの提案にあることを閃《ひらめ》いて、思わず彼の袖《そで》を掴んでしまった。

「あ、あの。でしたら大規模ミサで、パン・フェスタの代わりになる炊き出しを併せて行っていただくことは可能でしょうか？」

ネオイアスはそんなアリィに無礼だと怒ることはなく、ただ目を丸くした。珍しく彼の表情筋が仕事をしている。やればできるじゃないか、とアリィは上から目線で思った。

「あ、ああ。今回の騒ぎを抑えるためだと言えば、信徒も納得するだろうし、パン・フェスタを楽しみにしている者たちも報われる。悪くはない案だ」

「ありがとうございます！」

アリィはネオイアスに満面の笑みで礼を言う。

だというのに、彼は盛大に顔を顰《しか》めた。

やはりいきなり頼み事など無礼だったのかもしれない。

とっさのこととはいえ、アリィは現状大聖女ではないし彼の婚約者でもない。ただの低位聖女である。

「では、大神殿には大規模ミサの準備をお願いしたい。聖女アリィには、炊き出しの方を任せても大丈夫か？」

「はい、よろしくお願いします！」

ネオイアスの指示を受けて、アリィは大きく頷《うなず》いた。

一度デリ・バレドに戻って義父に話をつけなければ。きっと喜んでくれるに違いない。

「話は変わりますが、聖女アリィ。体の調子はいかがですか？」

唐突に教皇に声をかけられて、興奮気味だったアリィはたちまち冷静になった。

「ええ、体調はよろしいかと……。あ、流行病《はやりやまい》が移ったりはしていませんよ」

「そうですか、それは何よりです」

病原体を持っていると警戒されたのかもしれない。低位聖女だと自分で治癒できる者が少ないから心配されたのか。だが、彼はアリィの正体を今ここで確信したはずだ。

訝《いぶか》しんでいると、にこりと微笑《ほほえ》まれた。

「ついでに、第八十九代大聖女に似ていると言われたことはありませんか？」

「滅相もございません」

ネオイアスのいる前で何てことを言いだすんだ。

意地が悪いにもほどがある。突然、出奔した嫌がらせだろうか。

隣に立つ元婚約者が気づいたらどうしてくれる……！

ただでさえ鋭い男なのに、余計なことを言わないでほしい。

そもそも世の中には他人の空似という言葉があって、だからまったくの勘違いなんです！

心の中で必死に文句と言い訳を並べ立てつつ……。一言も口には出せないままそこでなんとか謁見は終了した。

部屋を出て治療院に向かいながら歩いていると、ぽつりとネオイアスが尋ねてきた。

「大聖女に似ている、と言われるのか？」

「私がこちらに来たのは一週間ほど前で、すでに大聖女様はいらっしゃいませんでしたし比べようがありませんよね」

アリィは懸命に捲《まく》し立てる。

「でも、言われるのだろう？」

しかしネオイアスも食い下がってくる。

「たしかに雰囲気が似ているとか、声が似ていると言われたことはありますが……」

やはり教皇が余計な一言を言ったせいだろう。

生きているなんて感づかれたらどうすればいいのだ。

主神殿を出たあたりで、ネオイアスはふと立ち止まってじっとアリィを見下ろした。

だからつい彼を見上げる形になる。

「……殿下、どうされました？」

「銀紫の色か、大聖女と同じ、神秘的な瞳《ひとみ》だな」

「ですから、それは他人の空似で……」

まるで見てきたかのように話すのだな、と不思議になる。彼こそ、アリィの瞳など見たことはないはずなのに。

不意に顎《あご》をとられて、近距離で王太子の金色の瞳を覗《のぞ》き込むことになった。

彼の瞳は黄金を溶かした太陽の色だ。力強く、熱い。

ミーティからネオイアスの瞳の色は聞いていたが、実際にはこんな色をしていたのか、とアリィは見惚《みと》れた。いつもヴェール越しでしか会話をしたことがない。きちんと見たのは初めてだ。

息もかかりそうなほどの至近距離で、彼はアリィを興味深そうに見つめる。

「大聖女は、朝露に濡《ぬ》れた花びら色の髪に、神々しさを感じる瞳を持つ美貌《びぼう》の少女と書かれている。それを他人の空似と？」

なぜそんなに大聖女の公式プロフィールを詳細に知っているんだ。しかも諳《そら》んじられるほど。

詳細なプロフィールは大神殿内で発行している神殿新聞にしか載せられていない。門外不出で、関係者たちだけが楽しめる娯楽のはずだが。

しかし確認されている意図がよくわからない。

美貌の少女というくだりが該当しないと批難されているのだろうか。

「まあ、確かに恐れ多いですね。あくまでも他人の評価です。私の髪や瞳は石で花をすりつぶしたかのような混ざった色ですから」

「――ははっ、そうか」

突然、真近くで彼は破顔した。

今までの厳《いか》めしい様子がなりを潜め、一転親しみやすい甘い顔になる。

そういえば、あまりに彼の周囲に人が寄り付かないらしいと聞いて、印象改善を提案していた時期があった。もっと笑顔を見せるべきだと提案したら、舐《な》められても困ると怒られたものだが。この笑顔なら大丈夫だと思うと言ってあげればよかったと後悔した。

「いや、あながち間違いでもないと思うがな」

囁《ささや》きながら、そのまま彼の顔がどんどん近づいてくるので、アリィはネオイアスを見つめる。


「それ以上は、ご容赦ください」


ぬっと伸びてきた手が、アリィの口を塞《ふさ》いで引き寄せた。

温かい腕に包まれる。

ここ最近一緒に寝ているので、すっかり馴染《なじ》んだぬくもりだ。

「駄犬が……やはり、舞い戻ったか」

瞬間、苦々しげにネオイアスが吐き捨てた。

「貴様こそ、手を離せ。何の権利があって触れているのだ」

「可愛《かわい》い義妹《いもうと》です。当然の権利でしょう？」

「妹だと？　貴様、やはり仕組んだのかっ」

「仕組むとはどういう意味です。それより、駄犬呼ばわりを撤回していただきたい」

「主《あるじ》もろくに護《まも》れなかった犬を駄犬以外になんと呼ぶのか俺は知らないが」

突如始まった二人のいがみ合いに、アリィは困惑するしかない。今までこんなふうに言い争っている姿など見たことがなかった。内容から察するに、アリィの知らないところですでにやり合っていた様子が窺《うかが》える。

「追放したはずだ。のこのこ戻ってきて、堂々と姿を晒《さら》すな」

「‼」

大聖女付きの近衛《このえ》を追放処分にしたのは、ネオイアスだったのか。

しかし、レンソルは彼の手の者だったのでは？

だが、アリィは今それどころではない。

追放処分をした相手の前に堂々と出てくるなんて、一体何を考えているのか。

「義兄《にい》様、殿下のおっしゃる通りですよ。どうして出てきたんです」

「可愛い義妹が性悪王太子に襲われていれば、のんきに眺めていられないだろう」

「襲われてませんけど？」

「はあ、無自覚ならなおさらだ」

呻《うめ》いたミリアルドをアリィはきょとんと見つめた。

というか、性悪王太子？

不敬罪で投獄されたりしないのか。

一応大神殿は王家の権力の及ばない治外法権ではあるが、そうは言っても建前というものもある。

心配して腕の中から見上げれば、ミリアルドは盛大なため息をついてみせた。アリィを抱きしめる力が強まる。

「脈なしだと諦《あきら》めてくれません？」

「駄犬の言うことを聞く道理はない」

ネオイアスが一刀両断すれば、ミリアルドがまたも小さく呻いた。

アリィは、そんなミリアルドの袖を軽く引いた。

「もう、変なこと言って誤魔化さないでください。それより義兄様、聞いてください！　パン・フエスタの代わりに炊き出しをすることになったんです」

「炊き出し？」

「そうです。それで、そのための小麦をあそこから持ち出したらどうかと思うのです」

「ああ、なるほど……それはいいな！」

アリィの提案にミリアルドが途端に愉快げな顔になった。

抱き合いながら愉《たの》しそうに見つめあう義兄妹を、ネオイアスは不機嫌そうに睨《にら》みつける。

「おい、その会話はその距離感でするものなのか……？」

その日の食堂当番は、またカボンとデリジャーだった。

夕食づくりのために食堂にやってくると、二人が楽しそうに食材を準備している。いつものようにアリィがパンを作り、それ以外の料理を彼らに作ってもらった。

「随分と手際がよくなったでしょう？」

カボンが誇らしげにアリィに包丁さばきを見せてくる。デリジャーも軽快に鍋《なべ》を振っていた。

「どなたも楽しそうに調理されていますよ」

サラントがにこやかに応じれば、ミーティもアリィを手伝いながら朗らかに笑う。

「おいしいと作り甲斐《がい》がありますからね」

食堂にやってくる人たちが皆楽しそうなので、それがますますやる気につながるらしい。良い傾向だ。以前よりも人がやってくる時間も早くなっている気がする。

カボンとデリジャーも慣れたもので、手早く自分たちの食事を済ませると、食堂にやってきた人たちの分を作り始めた。

「アリィちゃんは今日も可愛いね」

いつものように食堂にやってきたラッセが受け取り口に立つアリィに声をかけてきた。

この男は本当にぶれないなと、アリィは呆《あき》れる。

「ありがとうございます」

「そんなそっけない態度も素敵だね」

「はい、こちらビルオ様の分です。熱いうちに持って行ってくださいね」

「わー、本当につれない。そういえば、ハマン様とはあれから会ったりした？」

楽しげに笑っていたラッセは、やや表情を曇らせて問うてきた。彼が憂う理由はわからないが、珍しいこともあるものだ。いつも飄々《ひょうひょう》としているイメージが強いというのに。

「いいえ、ハマン様とはあれ以来会っていませんよ」

「なら、よかった。面倒な方だから、できればこのまま逃げ続けていて」

「貴族派の中でも一番偏見のない方だと聞いておりますが……？」

「それは表向きに過ぎないよ。穏やかそうに見えるけれど、貴族らしい考え方をされる。それに、金銭が絡むと人が変わるんだ」

さすがは大神殿の金庫番と呼ばれるだけはある。

事なかれ主義と聞いていたが、中身は厄介な男らしい。

「この前アリィちゃんにきっぱり断られて、自尊心が盛大に傷ついただろうから。報復がありそうで……」

「わかりました、気を付けるようにします」

「げほ……っ」

アリィがラッセに神妙に頷くと、席について食べていた神官たちが一斉に噎《む》せ始めた。

「な、なんだ？」

ラッセが振り返って食堂の様子に息を呑《の》む。

アリィも目を疑った。

楽しそうに食事をしていた者たちが苦しそうに喘《あえ》いでいる。咳《せき》が止まらない者や、意識を失ってテーブルに突っ伏している者など様々だ。

だが、アリィが驚いたのは各テーブルに置いてある水差しだった。その水差しに黒い靄《もや》がまとわりついている。

ただの水差しに悪意がつく理由はなんだ？

その様子は流行病《はやりやまい》にかかっていた母子を彷彿《ほうふつ》とさせた。

そしてこれは、アリィが毒を飲んだ日にお茶の入ったカップにまとわりついていた黒い靄と同じく、誰《だれ》かの悪意だ。それを飲んで、アリィは確かに倒れたのだから。

——水差しに毒が入っている。

瞬時に判断したアリィは、食堂全体に浄化と治癒を祈るのだった。

◆　○　◆

平民出身の低位聖女希望者が二人いる、と定例報告会議で議題に上ったのはついこの前のことだったよな、とビルオは自室の仕事机に座って部屋の茶色の扉を眺めながらぼんやりと考える。

定例報告会議はいつも月初めに行われる。今は月の終わりだ。だから、記憶が間違っていなければば半月も経《た》っていない計算だ。つまり、彼女たちがやってきて二週間に満たないほど、となる。

月日の間隔がおかしい。

まだ二週間も経っていないだと⁉

ビルオは頭を抱えたくなった。

一人は主教の姪《めい》で、高位聖女の従姉妹《いとこ》だ。力の使いすぎで臥《ふ》せってしまった娘を心配して姪を寄《よ》越《こ》したのだろうと推測できた。

最初は、こちらの娘の方が厄介だと思っていた。

平民出身の高位聖女は主教派にとっても貴重な存在だ。下手に病だからとレニグラードと共に従妹が騒ぎ立てて、彼女が高位聖女の立場を降ろされたら、派閥の勢力図にも影響してしまう。

けれど、実際にビルオを困らせたのはもう一人のほうだ。

元大聖女付き近衛のミリアルドの義妹。どうやら血縁関係はないようだが、灰紫という微妙な色合いの髪と瞳を持つ、せいぜい手のひらが温かくなるくらいの力しか持たない低位聖女。

書類上は確かにそうなっていた。何度確認しても、それしか書かれていなかった。

推薦者であるネオイアスの名前で一瞬躊躇《ちゅうちょ》はしたし追放された近衛の義妹ということにも懸念はあったが、王太子が偉いと言っても大神殿の外部の者、ましてや追放された者に何ができるというのか。主教の姪よりはましだ。そう高を括《くく》っていた。

そうして、彼女を一目見て、灰色ってなんだと問いかけたくなった。

灰色は灰色だ。灰の色だ。くすんだ、薄汚れた、輝きのない、色だろう？

だが、彼女がこの部屋に姿を現し、輝く銀紫色の瞳をひたりと向けられた瞬間、思わず息を呑んだ。

世界がざっと音を立てて浄化されていくのがわかった。

清廉と清浄と、何か清らかで新鮮なものが部屋を満たした。

ビルオは神聖魔法には敏感な方だ。

大聖女が亡くなって、神殿中がどこかどす黒い何かに覆われているような空気に包まれていったことを知っている。

だというのに、彼女が現れた瞬間に、すべての霧が晴れるように澄んだ空気に包まれた。

驚きのあまり、さっさと部屋から彼女を追い出してしまった。

けれど、次の日には後悔した。

自重という言葉を、なぜあの娘に言い聞かせなかったのか、と。

きっかけは高位女官のリンゼが、食堂の料理担当を申し出た低位聖女がいると報告してきたことから始まった。名前を聞けば件《くだん》の聖女だ。

変わった要求だなと思いながら、好きにしろと許可を出した。神殿の食事など、何を食べても不味《まず》いものだ。清貧をよしとする神殿において、食べられさえすればなんでもいい。どうせ自分がここで食事をするのは忙しい今だけだ。家に帰れば聖都一おいしいと言われているパン屋の卵パンを妻が買っておいてくれるのだから。

だが、その食事を一口食べて驚いた。

劇的においしくなっている。それだけではない。神聖力に溢《あふ》れているため、パンが置いてあるだけで周囲が浄化されているのがわかる。普通のコッペパンだというのに、そこいらの低位聖女など束になっても敵《かな》わないほどの女神の加護に満ち溢れていたのだ。

ビルオは呻いて、そしてパンを咀嚼《そしやく》した。

体の底から浄化されていくのがわかる。清浄な空気に包まれて、しかもうっとりしてしまう。

これが低位聖女の焼くパンだと⁉

馬鹿《ばか》にするなと怒ればいいのか、もっと焼けと怒鳴ればいいのか。

ビルオには判断が付きかねた。

どう考えてもあの低位聖女、アリィが関《かか》わっている。だとしたら、自分は絶対に関わらない方がいい。

ろくなことにならないと本能が告げている。

そう思ったのに、次の日には夢にまで見たあの卵パンが出てきたのだ。完全に一緒とは言い難いが、いきつけのパン屋の味に近いのは間違いない。

一体どういうことか、と驚きつつ今度は嬉《うれ》しくなってしまった。彼女もデリ・バレドの大ファンなのかもしれない。それならば少し話をしてみたい気もするが、自分の好物を知られるのは気恥ずかしい。強面《こわもて》の陰険で通っている自分がふんわり甘い卵パンが好きだなんてとても言えない。もくもくと食べつつ、味を噛《か》み締《し》めた。

もはや、弄《もてあそ》ばれているかのような心地がしたものだ。

けれどその日の昼には、雲行きが怪しくなってきた。礼拝堂の清掃が終わったと報告を受けたからだ。

そもそも礼拝堂の担当は自分ではないが、人手が足りないから貸してくれと泣きつかれた。そのため、新しく来た彼女たちを向かわせたのだ。すると、何日も終わらなかったものが次の日には終わっているとはどういうことだ。

ビルオはリンゼに、二人の聖女に新たな場所の清掃をさせるよう伝えた。

結果、二日経つと掃除をするところがなくなったとの報告を受けた。

耳を疑ったほどだ。

大神殿には九つの建物がある。

大聖女が使う神殿は現在、立ち入りが禁止されているため八つだ。その内の一つは聖女たちの暮らす神殿なのでこちらも除くと、七つ。

全部で七か所の清掃。それなりの規模を誇る広さがある。しかも今は大聖女の一周忌を悼む準備と高位聖女の体調不良で猫の手も借りたい忙しさ。

人手不足に拍車をかけている。

だから、仕事など想像を絶するほどにあるはずだ。一番手が回らないのが掃除になる。

それなのに終わったとはどういうことだ。

リンゼにどこを掃除したのか訊《たず》ねれば、思いつく限りのすべてだと答えた。冗談のような数だ。

それをたった二人で、二日でやり遂げただと?

にわかには信じられるわけもなく、実際の現場を見に行けば本当にどこもかしこもピカピカだった。問題なく磨きあげられ、新調されたかのように輝いている。

こんなこと、高位聖女ほどの力がなければ成しえない。彼女たちは書類に虚偽を書いたのか、と疑ってしまったほどだ。

ならば、治癒の力が必要となる治療院ならどうだろう。

低位聖女だ。そちらなら仕事が終わったなどと言ってくることはないに違いない。さすがに幾つもの加護を得ているとは思えない。

ビルオはほくそ笑んで、一週間後には後悔した。

高位聖女のマクステラが、アリィに話を聞きたいため自分のところに寄越すようにと命じてきたのだ。

平民の低位聖女など気にすることもないだろうに、侯爵令嬢の考えることはよくわからない。勝手にしろと怒鳴り付けたいのを抑えて許可すれば、入れ違いでやってきたラッセが困ったような顔で報告してきた言葉が信じられなかった。

「流行病だと⁉」

「聖女アリィの報告によれば、聖都の一部の平民街でとくに広がっているようです。主な症状は谷冷えによく似ていますが、かなり重症化しやすいようで子どもや老人などがかかると死に至ることもあるようです」

「なんだ、それは」

そして、またその名前を聞く。

アリィだ。

なぜ彼女を派遣した先々で問題が起きるのか。いや、問題を解決しているのか？

よくわからないが、とにかくビルオの頭痛の種が増えているのは間違いない。

「王太子殿下や教皇猊下《げいか》にまで話は伝わっておりまして、ぜひビルオ主教にも話を聞かせてほしいと」

「猊下のみならず、なぜ殿下まで？」

「民を護《まも》るのは王家の役目だと仰せになっておりましたが……」

立派な心意気だが、あの王太子は大聖女が亡くなったことで大神殿を恨んでいる。まるで大神殿が彼女を殺したと言わんばかりの剣幕で怒鳴り込んできたのだ。

しかもアリィの推薦者であるので、事情を聞きたがるのは当然か。だが正直、何を言われるかわかったものではない。絶対に断固拒否だ、と心に誓う。

「……許可する、しかないだろう。儂《わし》は動かんからなっ」

「ですが、ビルオ様に拒否権あります？」

「病欠にしておいてくれ……」

「了解しました」

ラッセが苦笑しつつ頷《うなず》いてくれたので、ビルオは少しだけほっとした。彼は気が利く。元々大聖女の計らいで神官になった者たちのまとめ役だったと聞いている。だから細々した仕事を捌《さば》くのもうまい。低位神官たちも彼を慕っているらしい。

「そういえば、お前、近頃ハマンに絡まれていると聞いたが大丈夫なのか？」

最近報告を受けた件をラッセに尋ねれば、彼は肩を竦《すく》めてみせるだけだ。

「それはいつものことじゃないですか。ビルオ様の粗探しですよ」

「まあ、そうなんだろうが……」

貴族派はビルオ率いる主教派を平民上がりと馬鹿にしてくる。大神殿の中では皆平等と謳ってい
ても、貴族派の主教から見れば、とても同じ主教の地位にあるとは思えないのだろう。平民出身と
いうだけで見下してくる。

とくにハマンは大神殿の金庫番であるので、平民からの寄付金が少ないといつも嫌味を言ってく
るのだ。貴族の寄付金額と常に比べて、なんとかしろと文句をつけてくる。

そんなハマンが最近、ラッセに目を付けたらしい。

報告してきた者が随分と心配していたのだが、この様子なら問題ないのだろう。

「まあ、ビルオ様のパン好きがバレないように頑張りますよ」

「儂は単なるパン好きじゃない――っ」

欲しいパンは一つだけだ！

「はいはい、わかってますって」

ラッセがしたり顔でうんうんと頷いているのが腹立たしい。

そうしてむっつりと押し黙った次の日には、なぜか大規模ミサの準備を命じられた。

「この時期に正気かっ⁉　聖女たちにかなりの負担になる。無理に決まっているだろう――っ」

しかも王太子殿下からアリィを炊き出しの担当者として借り受けたいとの申し出付きだ。

もはや許可など必要ないだろうに。

だが、アリィは自分の担当聖女なのだ。なんてことだ。やっぱり押し付けられた最初のあの日に全力で拒否すればよかった。

おかげで、彼女がやってくる朝が怖い。部屋の扉が開くのが怖い。

今日は何をしましょうかと笑顔でやってきて、その後にとんでもない報告を聞かされるのが恐ろしかった。

――ああ、卵パンが食べたいな……。

あの丸くてふんわりした黄色いパンだ。

ほんのり甘くて、昔母が作ってくれたお菓子を思い出すような。素朴で優しい、胸がじんわりと温かくなるような。

あの卵パンが食べたい。

ビルオは扉を見つめながら、深々と息を吐いたのだった。

間章　愛される大聖女

ネオイアスは王太子だ。

クウリカ正教国にとって、王とは半分だけ権力を持つ。大神殿の教皇が王を選ぶからだ。代わりに教皇は王が選ぶ。双方ともに政治が複雑に絡んでいる。

一応、大神殿内は王国の法律は適用されないとされ、大神殿内の定めた掟《おきて》で動いてはいるが、これだけどっぷりと関係しているのだからまったく無関係というのも無理がある。

政教分離ではなく、共存。もしくは並立。

同等の立場でそれぞれ干渉しあって国を治めている。

国民は皆、信徒であるため、自分もその内の一人であるが、だからと言って一心に女神を崇拝しているわけでもない。

七歳で王太子として任じられた時に、ネオイアスはそれを実感した。

国王には子どももいるが、この国の王は大神殿が選ぶので、血筋は関係ない。いかに有利に神殿の思惑が通せるか、その一点につきる。だが闇雲《やみくも》に選ぶわけでもなく、三公爵家と呼ばれる家の者から選ばれることになっていた。

年頃《としごろ》の子どもたちを競わせ、優秀な者を王太子とするのだ。

ネオイアスの場合には他《ほか》に候補が五人いた。下は三歳で上は十五歳。実の兄弟はいなかったが、どこかしらで血のつながっている者たちだ。

正直、優劣をつけるのは難しいと感じていた。何より、年の差がありすぎる。三歳と十五歳で何を競《くら》べろというのだろう。

だから自分が王太子に選ばれた時に、納得したのだ。

どれほど自分の家は大神殿に金を積んだのだろうか、と。もしくはうまい話を並べたのだろう。身内に王がいれば、便宜をはかってもらえて過ごしやすい。それは誰《だれ》もが思うことだ。そこに国家の理想はない。大神殿と持ちつ持たれつやっている国だ。理想国家に燃えたところで、どうせ潰《つぶ》される。ならば、唯々諾々《いいだくだく》と従うだけの頭があればいい。

つまり、操り人形だ。

形骸化《けいがいか》された王太子という制度に嵌《はま》る人物であれば、他のことは期待されないと知っていた。実際、ネオイアスが王太子になった途端に、家からの口出しはかなり多くなった。わかりやすすぎて呆《あき》れるほどだ。結果的に、王に伝えるだけしか能のない息子だと思われている。

だから、大聖女が自分の婚約者になった時も反対しなかったし、会いに行けと言われればご機嫌伺いにも行った。それが自分の仕事の一部だったからだ。

対面した大聖女はヴェールを被《かぶ》っていて顔はよくわからなかったが、短い返事は幼げで、小柄な背丈と時折見える手が本当に小さい。まだほんの幼い少女で、十六歳としか聞いていなかった自分は、絶対に年上なわけがないと憤ったものだ。だが、自分以上に感情の起伏のない少女と話をするのは苦痛で、次第に逢瀬《おうせ》の時間も短くなっていった。

その頃には、王太子の教育が盛んで時間がなかったこともある。次から次へと新しいことを覚えて頭に詰め込んでいたから、婚約者との逢瀬は何も考えなくていい休憩時間くらいにしか思っていなかった。

けれど自分の身長がにょきにょき伸びて、彼女との目線の差がかなり開いた頃、ぽつりと彼女がこぼした言葉に衝撃を受けた。

それまでは当たり障りのない様子伺いだけで、天気やその日の聖都の様子を自分が一方的に話すだけだった。

彼女は大聖女として大神殿での式典や各所で慰問を行っていたが、そんな話題を一度たりとも出したことはない。というか、彼女が何か意思を持って話したことなど、これまで一度もなかったように思う。彼女は彼女で、人形のようにそこに静かに座ってウンウンと頷いているだけだったのだから。

だが、その日、初めて出先で彼女は病気で片足の不自由な少年から、パンを半分分けてもらったのだと告げた。それが幸福のお手伝いをするパンで、彼女は自分だけの幸福をたくさん持っていることに気づけて感動したのだという。

要約すれば、それだけの話だ。いつもの大聖女の奉仕活動の一環だ。それでも彼女は心底嬉《うれ》しそうに、声を明るく弾ませて話したのだ。

ふっとヴェールが揺れて、彼女が笑った、と理解した。そうして、四年もの間ここに通いながら、ネオイアスは彼女が初めて笑ったことに気づく。

「ならば、そのパンを俺にもくれないか」

思わず問いかければ、彼女はこくりと頷いた。

今度一緒に食べる時は、半分こにしてあげる——そう言って、またふっとヴェールを揺らしたのだった。


それからの彼女は雰囲気ががらりと変わった。

人形のような無気力ではなく、意思をしっかりと持って、自己主張も始めた。

あれが嫌だといい、どれがおいしいと笑う。

疲れたような顔をしたつもりはないが、疲れているのではないかとネオイアスに祈ってくれることもあった。

ネオイアスが無意識に眉間《みけん》に皺《しわ》を寄せていることもあるらしく、小さな手がそっと額に触れる。するとほわんと温かくなって、なんだか眠たくなる。それもきっと彼女の力なのだろう。

女神はあまり信じていないが、彼女の力は本物だ。ついでに言えば、彼女が使えないと言い張る神聖魔法と祈りの違いもよくわからない。だが彼女の傍《そば》にいるだけで、心が落ち着いて、活力が漲《みなぎ》ってくる。なんでもできるような高揚を感じる。

そして、触れてくるその小さな手に、一体彼女は本当は何歳なのだろうかと不思議に思うのだった。

極秘ルートで取り寄せた神教新聞には、永遠の十六歳とある。教皇にそれとなく年齢を尋ねてもうまくはぐらかされる。本人に聞いても秘密ですとしか言われない。

彼女を変えたのが名も知らない少年のパンだと思うと、なぜだか面白くなかった。

自分の婚約者だぞ、と思うようにもなった。

そうして、彼女のことが色々と気になりだした。

髪の色も瞳《ひとみ》の色も謎《なぞ》だ。

朝露に濡《ぬ》れた花びら色の髪に、神々しさを感じる瞳を持つ美貌《びぼう》の少女。読むたびに神教新聞を破り捨てたくなった。結局何色なのかさっぱりわからない。

せめて、と生まれた月を聞けば、長く逡巡《しゆんじゆん》した後つぶやくように春だと答えた。

高地にあるこの国の春はひどく短い。谷から吹き付ける凍《い》てつく風により冬が長く、空に近いため陽射《ひざ》しはきつく肌を焼くからだ。そんな短い春は、だが喜びの季節でもある。谷から聖都にかけて一面に白い花が咲く。天上に一番近い国と謳《うた》われるのも頷けるほどの絶景だ。

そんな春に彼女が生まれたと聞いて、納得した。

だからこそ、何か彼女の髪を飾るものを贈りたくなった。

それなのに、再び髪色の謎にぶち当たる。壁が厚すぎて、挫《くじ》けそうだ。

だが根気強く聞き続ければ、石で花をすりつぶしたような混ざった色だとようやく答えを得られた。

最初はそれが嬉しくて、深くは考えなかった。

だがいざ注文しようとして、やはり何色なんだと絶望した。石と一口に言っても白っぽいものから灰色から黒から果ては緑や赤まで様々だ。花も同様だ。

とにかく混ざった色だということくらいしかわからない。

朝露に濡れた花びら色、というくらいだから、何か艶《つや》めいてはいるのだろう。

早朝の散歩が日課になったのもこの頃だ。朝露に濡れた花を見ては、彼女の髪の色はこんな色だろうかと想像を巡らせて。

最終的には、彼女の雰囲気に合いそうなものを贈ってみた。

本人に渡す勇気がなくて、女官に渡してしまったが。

とても綺麗《きれい》なものをありがとうございます、とヴェールを揺らして笑っているだろう言葉をもらって、すべての苦労が報われた気がした。

せっせと聖都でおいしいと聞いたお菓子を持っていくのも日常になった。

彼女は決してヴェールを脱がないため、一緒に何かを食べることはなかったが、傍付きの女官に確認すれば喜んでいるという。

直接渡されては、と勧められたので何回かに一度は自分でも渡すようにした。

一瞬戸惑った雰囲気を感じるのだが、迷惑ということはないらしい。

だが、なぜ固まるのか。聞きたいところではあったが本人ではなくやはり女官に聞いてしまう。

「折角いただいても一緒に食べることができないので、殿下が買ってきた甲斐《かい》なく悲しい思いをしていないか気になるのだそうです」

その場で半分こにしようか迷っている間に次の話題に移っているので、なかなか言い出せなかったのだとも聞いた。

なんともいろんなことを考えて戸惑っていたのだなと思ったが、自分を心配してくれる気持ちがどこかくすぐったくて面映《おもは》ゆい。

実の両親にすら、そんな気遣いをされたことはない。

自分は甘いものは苦手だから、純粋に婚約者を喜ばせたくてやっていることだと、女官に強調する。

私に言われましても、と女官が苦笑するところまでがいつもの流れになった。

彼女にパンをくれたという少年への謎の対抗意識もあった。四年も一緒にいてできなかったことをあっさりとやりとげてしまった見知らぬ少年には負けたくなかった。

努力の甲斐あって、今度は一緒にパンを食べてくれると約束もしてもらった。それに、大事なパンを半分こにしてくれると言質もとった。

ネオイアスは誰かと何かを分けたことはない。それが小さなパンならなおさらに。自分のぶんは自分で食べるだけ。誰かに下げ渡すことはあるが、対等に半分こにしたことはない。

誰かを想《おも》って髪飾りを贈るのも、菓子を買うのも、彼女以外にしたことがない。どれも新鮮で、なんだかむず痒《がゆ》い気持ちになるのだった。

そんな大切に紡いできた日常が、突然終わるとも知らずに――。

その日は、とにかく彼女の名前を聞くことだけを目標に駆け付けた。

名前というのはとても大切なものだ。

なのに、彼女のことは第八十九代大聖女という肩書きでしか知らない。

二人きりの部屋では名前を呼ばなくても会話には事足りたから、今まで疑問にも思わなかった。

そもそもの発端は、自分の近侍に子どもが産まれたと言われて、名前の話になったことから始まる。

親馬鹿《おやばか》ですが、赤子に花の名前をつけたと言われて。

そういえば、彼女の名前を知らないという事実に気が付いてしまったのだ。

ちなみに自分の名前は神聖な光の名前だ。

婚約者が知っているかどうかはわからないが、一度も呼ばれたことはない。

いつも殿下と、呼ばれるだけだった。

今更だ。

だけれど、気になる。

名前なんて、神教新聞の公式プロフィールにはもちろん載っていない。つまり、聞き出すにはこれまで以上に相当骨が折れるだろう難問だった。

髪や瞳は公式プロフィールを元に聞き込んだものだが、それすら、よくわからない返答だったのだ。名前なんてよほど気合いをいれないと、絶対に教えてくれない。

いつもは先ぶれを出すのだが、すべてすっ飛ばして大聖女の神殿に乗り込んだ。いつにもまして、熱くいきり立っていた。今度こそあの少年よりも上位に立つと意気込んでいたのは確かだが、今思えばあれは虫の知らせだったのかもしれない。

大聖女の住まいに顔を出し、驚きの表情をする彼女の女官に案内してもらって部屋へと入る。入室許可の言葉も何もかも待てずに、半ば押しいるように入った。

彼女はお茶をしていたようで、白いテーブルにはポットとカップが並んでいた。

そして見た覚えのある菓子がある。

この前自分が差し入れしたものだ。

ちゃんと食べてくれていたのかと嬉しくなったと同時に、彼女がうつぶせで寝ているのに気が付いた。

お茶の最中《さなか》に机に突っ伏してうたた寝をするなんて、子どもみたいだ。

思わずくすりと笑んで、彼女の顔を覗《のぞ》き込んだ。

あどけない顔で、少女が眠っている。彼女はこんなにも色が白いのだな、しかも髪は綺麗な銀紫色じゃないか――そんなことをぼんやりと思った瞬間、はっと息を呑《の》んだ。

なぜ、自分は彼女のあどけない寝顔を見ているのか。

肌の色を、何度も尋ねた彼女の髪色を見ているのか。

いつもはヴェールを被っているけれど、今はそれがないからだ。簡単な答えのはずなのに、どうしてか嫌な予感に襲われる。

彼女はうっかりしたところもあるが、人の気配には敏《さと》い。神聖魔法の類《たぐい》かもしれないが、絶対に入室前には人の気配に気づいている。だから一度もこのような姿など見たことがない。

「おい、寝ているのか？」

肩を揺すってもまったく反応しない。寝ているにしても表情がピクリとも動かないのだ。指先を彼女の口元に当てて、呼吸を確かめてさっと血の気が引く音を聞いた。

「おい、おいっ、しっかりしろっ！」

「大聖女様っ⁉」

テーブルに突っ伏している大聖女を揺すっていると、先ほど案内してくれた女官が慌てて部屋へと戻ってきた。

それにも構わず、ネオイアスはなおも必死で彼女に声をかける。

「なんで、どうして！　パンを一緒に食べるって、半分こにしてくれるって――っ」

「王太子、殿下……大聖女様がどうかなさったのですか……？」

自分の震えている声に、言葉に、彼女が息をしていない現実を頭のどこかで理解しているのだと我に返った。ピタリと動きを止めて、女官を見つめる。

部屋に入った時につんとくる刺激臭を感じた。

昔、とんでもない猛毒があると小耳に挟んだことがあった。

それはかの大聖女様でも、一口で屠《ほふ》ることができるのですよ——。

何かの余興の口上だったが、不快だったから覚えている。

新年の王城で開催されたものの一つだったはずだ。外から劇団を呼んで一角で披露させた。その劇中のほんの短い台詞《せりふ》の一つ。

だが、それを聞いた者は多かった。王侯貴族はもちろん、神殿関係者も呼ばれていたはずだ。

もちろん作り話だろうが、もともと劇というのは事実を元にしていることが多い。それを面白おかしく脚色して演じるのだ。

まさか、あれが、きっかけなのだとしたら。

大聖女を亡き者にして、成り代わりたい者が計画をたてたのだとしたら。

怒りや憤怒《ふんぬ》。すべてを腹に溜《た》めて、そのまま女官に鋭く命じる。

「毒だ。大聖女は毒を飲まされた可能性がある。まだ体が温かいからそれほど時間は経っていない。今すぐ医者を呼んで、神殿を閉鎖しろ。犯人を逃がすな。教皇猊下《げいか》を呼んで来い。急げ」

「は、はい！」

短い返事をして、慌てて出ていく女官を見送って。

一人残された部屋で、傍らに置かれた彼女のヴェールをそっと被《かぶ》せてぽつりとつぶやく。

髪の色はわかった。瞳も髪と同じ色なのだと聞いていたから想像はできる。

それでも、今日の目的は果たされなかった。

「……結局、君の名前を聞きそびれたままだ」

あっという間に、大聖女の葬儀の日になった。

彼女が毒を飲まされた現場にすぐさまやってきた教皇と幾人かの主教は、すっかり場を片付けるとあっという間に葬儀の手筈《てはず》を整えた。

あまりの鮮やかな手際に、こうなることが予測できていたのかと問いかけたくなる。どうせ答えは期待できないものだろうが。

あの日から二日だ。

その間、ネオイアスは教皇をはじめとした大神殿関係者に怒鳴り散らし、なぜ彼女を護《まも》れなかったのかときつく詰《なじ》った。彼女付きの近衛《このえ》や女官も含めてだ。更迭して、部屋での謹慎を命じた。そのため、彼らは葬儀に関《かか》わっていない。

それでもイライラとした感情は収まらない。

いつもは、大聖女がネオイアスの心が落ち着くように祈ってくれていたのだと気が付いた。

激情家のつもりはなかったが、日々積み重なる膨大な責務を抱え、心穏やかでいられたのは彼女のおかげだろう。

彼女は近衛や女官を大事にしていたから、更迭を知れば文句を言いそうだと頭の片隅で考える。

だが、現実は無情だ。そんなことをした途端に彼女に叱《しか》られていただろうに、もう二度と、叱られることはないのだから――。

一般弔問も受け入れていたので、神殿は人で溢《あふ》れ返っている。

祭壇に置かれた棺《ひつぎ》にはたくさんの花が飾られ、そこかしこですすり泣きが聞こえた。

大聖女はヴェールを被り、いつもの顔を隠した状態で花に囲まれて横たわっている。

相変わらず、髪の色すらわからない。そっと腹の上で組まれた白い小さな手だけが、彼女がそこにいることを示していた。

弔問客はひたすら花を棺に入れていく。その長い列を、ネオイアスは関係者席でぼんやりと眺めていた。そうして、何も考えられないまま粛々と葬儀が進む。

ふと視線を下げると、己の着る喪服が目に入った。上質だが黒一色で纏《まと》められた衣装に、彼女の言葉が思い起こされた。

『たまには明るい色を着てもいいのではありませんか？』

婚約者はネオイアスの周囲に人がいないことを嘆いて、印象改善を申し出ていた。普段から雰囲気を和らげろと力説していたほどだ。せっかく綺麗なハニーブロンドなのだから、と文句まで言われた。

たんなる金色だろうと言ったら、このお菓子と同じくらい甘そうな色ですよ、と彼女は胸を張る。

もしかしなくても、自分は今、口説かれたのだろうか。

いや、お菓子を褒めただけだろう。口に合ったなら何よりだ。

そんな言い訳じみたことを心の中で思ったが、頬《ほお》が熱くなっていくのを止めることはできなかった。

　そうか、自分の髪の色はハニーブロンドというのか。蜂蜜《はちみつ》のとろりと溶けた色を眺めながら、思わず笑んだ。

　彼女との他愛もない会話が思い起こされて、胸が苦しくなった。毎日、黒一色でいれば、言うことを聞かないのかと怒って自分の前に現れてくれるだろうか。たとえば、神殿内で何か問題が起きて彼女の呪《のろ》いだとでも騒げば、なんてことを言うのだと文句を言いにやってきてくれるだろうか。

　幽霊でもなんでもいい。もう一度、一目だけでも顔を見せてほしい。声を聞かせてほしい。

　思考はとりとめなく、どこまでも虚《うつ》ろに転がっていく。

　棺に蓋《ふた》がされて、霊廟《れいびょう》に納められても、ぼんやりとそれを見送ることしかできなかった。


　大聖女の葬儀が終わった次の日には、教皇を始め大神殿の上層部の者が集まっていた。七人の主教と、そして聖騎士長たるフェルテンだ。教皇の側近もいる。

　そこに王太子である自分が加わる。場は異様なほど静まり返っていた。

　ネオイアスは円卓に着いた一同を見回して、それぞれの様子を窺《うかが》う。

　この場にいる全員が、大聖女が毒殺されたことを知っている。そして、それぞれに思惑があるのだろう。互いの腹の内を探っているような嫌な沈黙が続いた。

　自分に向けられる視線も、気持ちの悪いものだ。

本来ならば大神殿内で起きたこと。

しかも大聖女の毒殺だ。

大スキャンダルと言っても過言ではなく、王家にすら知らせず隠蔽《いんぺい》して内々で処理したかったことだろう。そもそも自分以外の王家に関わる者が呼ばれていない時点で、推して知るべしではある。

ネオイアスが第一発見者になっていなければ、毒殺だと騒ぎ立てなければ、不慮の事故か急性の病とでも発表していたのではないかと思うと、真っ黒な塊がちりちりと胸を焼いていくような不快感がある。

最初に大聖女が亡くなったと知った時は、純粋に虚無感しかなかった。

喪失感で埋め尽くされて、しばらく何も考えられなかった。

だが今、本来彼女を護るべき者たちに囲まれていると、心底怒りを感じる。

彼女はきっと、それを望まないだろう。

怒りとは無縁の穏やかな性格の女性だった。

お菓子とパンが好きで、人の幸福のお手伝いをしたいと無邪気に語るような、そんな健気《けなげ》な、大聖女としても随分と立派な、まだあどけない少女だったのに。

目の前の彼らのうち、何人がそんな彼女を知っていたのか。

彼らの顔を眺めていても、沈痛な面持ちの者はいない。

どうにも困ったことになったと言いたげな者や、周囲の出方を窺う者、渋面の者、俯《うつむ》いている者。

どの顔もすべて殴り飛ばしてやれば、少しはすっきりするだろうか。

きっと彼らの頭の中では、亡くなった彼女のことなど厄介事としか思っていないのだろう。

次代の大聖女を誰《だれ》にするのか。

その一点に尽きそうだ。本日集まった最大の議題はそれだろう。

だからこそ、王家の狗《いぬ》であるネオイアスが参加することを快く思わないに違いなかった。

元から大聖女は教皇主体で選ばれる神聖なる乙女という名目の派閥の一つ。どこの派閥寄りになるかでも、大神殿内の権力図が描《か》き変わる可能性は大いにある。混沌《こんとん》となるかそれとも真逆か。身の振り方を見極めなければ、あっという間に蹴《け》落《お》とされる。

そんな場だというのに、当の教皇は落ち着いた無表情のままだ。

場を静かに見つめていると言えば聞こえはいいが、何を考えているのかまったく読めない。

大聖女を見出《みいだ》し、後見したのは彼だ。一番彼女を可愛《かわい》がっていたのも関わっていたのも彼だ。

彼女の本名も、素顔だって知っていて、長年傍《そば》で育ててきたはずなのに、感情の揺らぎがない。

一体、どういう男なのかと不気味ではある。

こんな男に育てられたにもかかわらずあれほど無垢《むく》に育ったのは奇跡だなと思った。

「さて、皆様はすでにご承知の通りでございますが」

教皇の側近たる高位神官のヴィレットが、彼の隣に立ちながら重々しく口を開いた。

「大聖女様がこのほど身罷《みまか》られました。階段から落ちた大変痛ましい、不慮の事故でございます」

「待て、何を言っている！　大聖女は毒殺されただろう。貴殿らも聖女が亡くなった場に駆けつけて見たではないかっ」

思わずネオイアスは立ち上がって声を荒らげ、その場にいる一同を見回した。しかし主教たちは顔を見合わせるばかりで何も発言する様子がない。明らかに毒殺だとわかっているのに、誰もそれを口にしようとはしないのだ。

病気を治し、どんな怪我《けが》でもたちどころに治療してしまうと謳《うた》われた歴代最高峰の大聖女が、毒殺されたなどと公表できないということだろうか。だとしても、この場ですら偽る理由がネオイアスには理解できない。

「落ち着いてください、教皇猊下の御前でございます」

ヴィレットが静かに窘《たしな》めると、教皇も堪《たま》りかねたように口を開く。

「殿下、お気持ちはわかりますが、大聖女の正しい死因を言及したところで国の混乱を招くだけなのですよ。これが私たち大神殿の総意となります」

「何を馬鹿《ばか》なことを！　大聖女に毒を盛った犯人が必ずいるはずだ。それを本来なら貴様たちが暴くべきだろう。だというのに、混乱などと世迷言《よまいごと》を口にするかっ」

「殿下、総意と申しました。これ以上意見は覆りません」

静かに伝えた教皇に、ネオイアスは愕然《がくぜん》とした気持ちを抱いた。本気で、彼女の保護者がそんな戯言《たわごと》を告げていると悟ったからだ。

「犯人をこのまま野放しにするつもりか……？　裁く気はない、と」

「この場で決めなければならない大事なことは、次の大聖女が誰になるかということです」

ぽつりと落ちた言葉に、驚くほど怒りが湧《わ》いた。すでに次の話を持ち出す神経が信じられなかった。

あれほど女神に愛された大聖女を。何より他人の幸福にだけその身を捧《ささ》げた心優しき少女を亡き者にした大罪人を放置して、次代の話をする――。

ネオイアスは強い光を秘めた双眸《そうぼう》を円卓にひたりと向けた。

事件は大神殿内で起きた。彼女を毒殺した実行犯とまでは言わないが、裏で糸を引いている人物は確実にこの中にいる。

そして、このまま逃げ切るつもりだ。大聖女を毒殺した理由など、その座を狙《ねら》った者の犯行としか思えない。他人から恨みを買うような少女ではないことはネオイアスが一番よくわかっている。

そんなこと許せるものか。

滾《たぎ》るほどの怒りは、眩暈《めまい》を覚えるほどに膨れ上がる。

たとえ自分一人だけだとしても、彼女を毒殺した者を捕まえて復讐《ふくしゅう》してやると心に誓いながら。


――流行病《はやりやまい》の可能性があると報告した、神殿の治療院にいる聖女アリィという娘が、平民街で小麦を運んでいた男二人を捕らえたそうです。

大聖女の毒殺以降、大神殿をまったく信じられなくなったネオイアスは手勢を増やした。そんな神殿に潜入させている者からの報告を受けて、ネオイアスは王城の王太子の仕事部屋で、机に向かいながら思わず唸《うな》った。

神殿の治療院は平民向けに開放されている。そこで病が見つかったとしたら、平民街で流行《はや》っているということだ。

さらにその場所にいち早く駆け付けた聖女が、怪しい二人組の男を捕まえたとのことだった。

意味がわからない。

そもそもなぜ一介の聖女が男たちを捕まえるんだ？

アリィという名前には覚えがあった。たしか低位聖女の名前だったはず。

レンソルに命じて大聖女の墓を暴かせたところ、奴《やつ》はあっという間に見つかってしまった。それを機に……というわけではないが、近衛たちをこれ以上叩《たた》いても何も出てこないことがわかったので、まとめて追放処分にしたのだ。大切な主人を護れなかった近衛への腹いせが多分に含まれている。

すると、レンソルは自由に動けるようになった途端、神殿内での出来事が知りたいから聖女を潜り込ませるのはどうか、と提案してきた。たしかに、大聖女毒殺犯を見つけるには聖女の味方がいた方が好都合だ。そう判断し、推薦者となることを了承した。だがレンソルから彼女の推薦文を渡されて驚愕《きょうがく》した。

あの憎き近衛の義妹《いもうと》だったからだ。大聖女を護ると豪語し、いつも傍らに控え、彼女を崇《あが》め、満足そうな顔をしていたあの無能の。

すぐさま断ろうかと思ったが、レンソルにこの機会を逃したらいつまでも犯人を見つけることはできないと力説され、やむなく了承した。実際もたもたしている間にもはや一年だ。

推薦文に書かれた灰紫色だなんておかしな髪色と瞳《ひとみ》を持つ少女。

聖騎士だった男の血縁者ならば、もしや剣術の心得があるのかもしれない。そう思って報告を聞くが、実家はただのパン屋だという。ますます謎《なぞ》が深まった。

そうして彼女を大神殿に向かわせたというのに、レンソルは一度も報告を受けていないとぼやいている。大聖女殺しの有益な情報をすぐには掴《つか》めないにしても、一度くらい報告をあげるべきなのは事実だ。と思えばいきなり流行病の報告をし、さらに怪しい男たちを捕まえたのが、灰紫色の髪の聖女——彼女だという。

灰紫色の髪——改めて読んだその部分に、突如胸がざわめいた。

報告は結局何の参考にもならなかったため、ネオイアスは直接会いに行ってみようと思い立つ。陛下からは猊下《げいか》宛《あ》てに流行病を早期収束させるための大規模ミサをとり行うよう指示を受けたので、ついでに教皇にも謁見を申し入れた。

期待とも不安ともつかぬ心情を抱え治療院へ向かえば、突然扉が開いたから驚いた。さらにヴェールの下からちらりと見えた銀紫色の髪に鼓動が跳ねる。

たちまちあの日、白いテーブルの上に広がっていた髪色がよみがえる。キラキラと輝いて、美しくも残酷なあの光景を。

彼女と同じ色だ。不思議な色合いだと思ったが、まさか彼女の血縁者だったりするのだろうか……。いや、ただの他人の空似かもしれない。

それでも、いい。

あの神秘的な色を近くで見られるのならば。

堪らず身を乗り出そうとして、さらに懐かしい声を聞いた。

「では、ここに用はないでしょう。お帰りください」

凛《りん》とした声は、ヴェール越しにいつも聞いていた声だ。聞き間違えるはずもない。

――彼女だ。生きていたのか⁉

驚愕しつつも扉を開けていた聖女に手を伸ばせば、彼女に向けて別の聖女が殴りかかろうとしているところだった。

「何をしている」

振り下ろされた手をぱしりと掴みつつ、声をかける。必要以上に低い声になった。

掴んだ手の先を見て怒りが湧いた。純白のローブは高位の聖女を示す。だが容色に銀を持たない高位聖女など、一人しか知らない。

侯爵令嬢のマクステラだろう。

昔から大聖女を目の敵にし、王太子の婚約者の座を虎視眈々《こしたんたん》と狙っていた。

大聖女になるために、父である侯爵が方々に金をばらまいていたらしい。こちらとしては、大聖女を毒殺した主犯が見つかるまでは、次代を選出させるつもりはない。

大聖女の呪《のろ》いだ、次代も毒殺されたらどうする、などと脅して一年が経《た》つ。

だから侯爵も相当に焦《じ》れている、という話は聞いていたが。

「で、殿下……っ、この不届き者に格というものをお教えしていたところです」

手を払うようにして慌てて告げるマクステラの顔は真っ青だ。

そんなに威圧を込めたつもりはないが、元婚約者に言わせればこの顔は、無表情でいるだけで怖いらしい。何もしなくても怯《おび》えてくれたなら結構だ。

ついでにさっさと大聖女の毒殺を企てたと白状してくれれば助かるのだが、生憎《あいにく》とここ一年調べてもマクステラ近辺からはまったく証拠があがってこなかった。一番怪しいくせに、隠すのは巧妙なのか。何度も苦い思いをさせられている。

脅せば、慌てて聖騎士を連れて逃げるようにマクステラは出ていった。

その背中を見つめている少女を改めて見下ろす。不意に視線が上を向いて、吸い込まれそうな銀紫の瞳とぶつかった。

揺れる瞳が、なぜだか残念そうにどこか呆《あき》れを含んで伏せられた。

似ている——他人の空似などという言葉で片付けられないほどに。

なんせ婚約者の顔をまともに見たことがないのだ。それでも、あの日一瞬だけ見たかの人を思い出さずにはいられない。目を開けているとまた随分と印象が異なるが、声はそっくりだ。一瞬彼女かと勘違いしたほどに。

血縁者ならば、声も似るものなのだろうか。

固まっていると、急にふわっと心が温かくなった。

突然の出来事に緊迫していた気持ちが落ち着いて、どこかほっとしたような安堵《あんど》が広がる。

疲れているのか、と問いかけた彼女が、いつも施してくれていたかつての祈りのように。

やはり、目の前にいるのは彼女ではないのか？

婚約者の大聖女。

なんだ、生きていたのか、と喜びに打ち震えそうになった。

「あの、こちらにはどのようなご用件でいらっしゃいましたか？」

ふいに聞かれて何をしに来たのだったか、と恐々口を開く。

一日会えたら、あの日の続きを。

絶対に答えを得られるまでは帰らないと意気込んだ、あの日の問いをしようと思っていたのだ。

「君の名を……」

「はい？」

囁《ささや》いた声が、緊張で掠《かす》れる。

ああ、まさかこんな日が実際に訪れるなんて想像もしていなかった。

「君の名前を、教えてほしい」

「え、えと。アリィと申します」

「そうか……アリィか、そうか」

つぶやく声は僅《わず》かに震えていた。長年切望していた宝物を手に入れたかのような、そんな気持ちでいっぱいだった。

幸福は別にパンを食べなくても、得られるものだ。そう、彼女に伝えたくなった。

教皇との謁見を終えて、彼女と治療院に向かいながら連れ立って歩く。

先ほどまでは喜びで浮かれていたが、少しずつほとぼりが冷めると冷静に物事を考えられるようになった。

彼女は生きていた。もはやそう確信している。

となれば彼女は毒を飲んだ後、大神殿を出奔したということだ。

そうまでして、大聖女の役目が嫌だったのか。では、なぜまた低位聖女として大神殿に戻ってきたのだろう。そういえばレンソルが、彼女の実家のパン屋が出店するはずだったパン・フェスタが、大神殿によって中止にされたから怒っていると言っていた。

とっさにそのことを結び付け、彼女の炊き出しの願いに賛同したのだ。

それだけで、あんなに喜ぶとは思わなかった。

髪飾りや菓子を贈っても、あれほど喜んだ姿は見たこともなかったのに。このまま時が止まってしまえばいいのに、と心の片隅で願ったほどだ。

それにあちこちで大聖女に似ていると問われた件について、完全にしらばっくれていた。早口に答えていたのがその証《あかし》だ。

つまり、正体を隠しているということだろう。

やはり毒殺犯が見つかるまでは身を潜めたいということか。

ならば必ず自分が見つけ出そう——そう心に決めながら、つい彼女を見つめてしまった。

彼女も見上げるように、ネオイアスを見る。相変わらず身長差はあるが、彼女はこの一年でさらに背が伸びたように思えた。

こんなあどけない顔をした少女だったのか、と改めて身につまされる。

そうして、彼女の本当の年齢はいくつなんだと疑問を抱く。

「……殿下、どうされました？」

彼女がそこにいる。ずっと念願だった素顔のままで、自分の傍《そば》に立っている。そう思えばさらに間近で見たくなって、彼女の顎《あご》をとって、近距離でその銀紫色の瞳を覗《のぞ》き込んだ。

戸惑いで揺れ動く瞳は、存外強い光を湛《たた》えていて。こんな色をしていたのか、としばし見惚《みと》れた。いつもヴェール越しでしか会話をしたことがない。きちんと目が合うのも初めてだ。

息がかかりそうなほど近くで、さらに深く見つめる。

「大聖女は、朝露に濡《ぬ》れた花びら色の髪に、神々しさを感じる瞳を持つ美貌《びぼう》の少女と書かれている。それを他人の空似と？」

神教新聞に載っている大聖女の公式プロフィールを詳細に語れば、彼女の瞳が泳いだ。

狼狽《うろた》えている様子に、少しだけ胸がすく。

散々人を悲しませておいて、何事もなかったかのように戻ってきた彼女に、よくよく考えれば怒ってもいいのではないかという気持ちになった。

「まあ、確かに恐れ多いですね。あくまでも他人の評価です。私の髪や瞳は石で花をすりつぶしたかのような混ざった色ですから」

「――ははっ、そうか」

だが彼女の言葉を聞いて、堪《たま》らず破顔した。

髪飾りを贈りたくて、必死に彼女から聞き出した時とまったく同じ返答だ。本人はそのことに気づいているのだろうか。

彼女は間違いなく俺の婚約者だ。

ポカンとした顔はきっと、心の底から自分の髪色が石のような色だと思っているのだろう。花びらを潰《つぶ》して、混ざったような色だと。

そんな馬鹿《ばか》なことを真剣に、大真面目に言うのだ。

「いや、あながち間違いでもないと思うがな」

思うがまま、さらに顔を近づけた。桜色の唇が触れるか触れないかの距離で。

「それ以上は、ご容赦ください」

ぬっと伸びてきた手が、彼女の口を塞《ふさ》いで引き寄せた。

長い腕で当然のように、彼女の小柄な体をしっかりと後ろから抱き締めている。

碧《あお》色の髪のいけすかない男が。

「駄犬が……やはり、舞い戻ったか」

苦々しげにネオイアスは吐き捨てる。

「貴様こそ、手を離せ。何の権利があって触れているのだ」

「可愛《かわい》い義妹です。当然の権利でしょう？」

はらわたが煮えくり返るかと思った。

確かに書類上にはそう書かれていた。

彼女は自分の婚約者であるはずなのに、なぜか追放した近衛《このえ》の妹になっている。まさか、計画的な行動ということだろうか。

自分は欺かれて、彼は打ち明けられたのか。

驚くほどに胸が苦しくなった。

怒りで頭がどうにかなりそうだ。

「追放したはずだ。のこのこ戻ってきて、堂々と姿を晒《さら》すな」

「脈なしだと諦《あきら》めてくれません？」

「駄犬の言うことを聞く道理はない」

勝手に脈なしと決めつけるな。

ネオイアスは無表情の裏で、こっそり傷ついた。

アリィは、そんなネオイアスの心情など知りもせず、ミリアルドの袖《そで》を軽く引いてお互いだけがわかるような会話をする。

そんな義兄妹を、ネオイアスは不機嫌な顔で睨《にら》みつけてしまった。

「おい、その会話はその距離感でするものなのか……？」

だが話に夢中なアリィは気づいてもくれない。

見せつけられているようで、まったく面白くない。不貞腐《ふてくさ》れて見せれば、彼女はこちらを向いてくれるだろうか。

いい年をして、馬鹿なことまで考える始末だ。

「そうだ、アリィ。殿下にもご助力いただこう」

ミリアルドが突然、思いついたようにネオイアスに笑顔を向けた。

本当にこの駄犬は、いい性格をしている。

王太子をこき使おうだなんて、普通は考えつくものではない。

「ええ、殿下ですか？」

けれどきょとんとして首を傾《かし》げる婚約者の前では、格好をつけるしかないのも事実で。

「なんだ、言ってみろ」

ネオイアスは尊大に応じて――あまりの仕事量の多さに、後に辟易《へきえき》したのだった。

第四章　お帰りなさい、笑顔

——食堂の水差しに弱毒性の異物が混入されていた。

アリィが自室に戻って、ミリアルドやカウネに話すと、一同は皆、息を呑《の》んだ。

「ひとまず噎《む》せる程度の軽いものだったようで、新しい水を飲ませれば皆元気になりましたが」

アリィは浄化と治癒の祈りをかけたことは伏せて、説明した。だがそのせいで、谷冷えと似た症状が出ているとは伝えられなかった。

もしかしたら犯人は流行病《はやりやまい》を広めた者と同一犯の可能性がある。あれ以降流行病の症状が出たという報告はない。おそらく井戸の水に混入させて、あの地域一帯に拡散されたのだろう。

返す返すもあの日アリィが街に下りたのは僥倖《ぎょうこう》だった。でなければさらに被害が広まっていただろう。まさに女神のお導きだ。

しかし、一体なんの目的で異物を混入させたのだろうか。

水差しはアリィがすぐさま無効化したので、その後の被害はなかった。

倒れこんだ者たちが一瞬で回復したことにラッセは驚いていたが、ビルオの食事を運ぶようにアリィが急《せ》かせば、腑《ふ》に落ちない素振りを見せながらも去って行った。

カボンは大規模な神聖魔法を感じたと騒いでいたが、アリィは素知らぬふりで黙っていた。

「なんで、食堂が狙《ねら》われるんだ？」

「嫌がらせ、でしょうか」

腕を組んで考え込んでいるミリアルドの言に、カウネが心配そうに眉《まゆ》をひそめて問いかける。

「おいしそうなものを食べて浮かれる者たちに、天罰を与えるとかですか？」

ミーティの投げかけに、ミリアルドが神妙な顔をして答えた。

「だとしたら、犯人は貴族派ってことになる」

平民出身の者たちが利用する食堂なのだから、対立している貴族派が怪しいのは明白だ。

「一度で懲りるでしょうか」

アリィが心配なのは、自分がいなかった場合の対処だ。

今はまだ食事作りに携わっているのでどうにか対応できるが、タイミングが悪ければ状況は混沌《こんとん》としていただろう。まさか大神殿内でこんな物騒なことが起きるとは思いもよらなかった。

「懲らしめたいのなら、続くかもしれないな」

「しばらくはサラント様に警戒していただくようにお伝えしましょうか」

「でも、ミーティ。サラント様だけでは防ぐことは難しいと思いますよ」

一人で広い食堂を見張っているのは難しい。犯人は貴族派かもしれないというだけで、正確には誰《だれ》かわからないのだから。

「警戒している雰囲気だけ出すのもある程度は抑止力になるものだ。できるだけ俺たちも気を付ける。レンソルにも相談してみるから」

「ありがとうございます、義兄様《にいさま》」

ミリアルドがアリィの頭を撫《な》でて力強く請け合った。

根拠はないけれど、いつでもミリアルドの自信満々な様子は見ると安心する。本能で生きている男の台詞《せりふ》だからだろうか。

「そういえば騒ぎになる前に、ラッセと話し込んでいたが大丈夫だったのか」

「そうでした。ハマン様は貴族らしい考え方をするから、平民の私が彼の頼みを断ったことで、何をしてくるかわからないと忠告していただいたんです」

「ハマン主教が？」

「ラッセ様がおっしゃるには事なかれ主義の穏やかな顔は単なる表向きなんですって。お金が絡めば人が変わるから注意しろというようなことを告げられました」

「てことは、自尊心を傷つけられたハマン主教が、アリィに報復するためにこんな騒ぎを起こしたと？」

ミリアルドが唸《うな》るように告げた言葉に、アリィは愕然《がくぜん》とする。

あまりに身勝手な理由で食堂を利用する皆が苦しんだというのか。

「そんな方が信徒の安寧のために『聖なるパン』をアリィに焼けと言ったのですか？」

モモを膝《ひざ》の上に乗せたまま、カウネが不可解そうに首を傾げた。

「付加価値をつけて、少しでも大神殿が儲《もう》かるように画策している、とか」

「そもそも、そのパンを作るための小麦はどうやって手に入れるつもりなのでしょう。節約するから、あまり食材を使うなと命じられたんですよ」

ミーティの言葉に、アリィは考え込む。

ハマンは貴族だ。実家に頼れば十分すぎるほどの資金が得られるだろう。だとしても、大神殿で作ったパンにそれほどの価値がつくものだろうか。

小麦の買い占めに、突然の流行病、そして黒い靄《もや》の悪意と『聖なるパン』だ。

ばらばらだったものが、急速に「ハマン」という一つの線につながっていく気がする。

「詳しいことは後で考えよう、そろそろ時間だ。行くぞ、アリィ」

ミリアルドが時計を見て、にやりとアリィに笑いかけた。


雲がうっすらと月を隠す微妙な闇夜《やみよ》に、尊大に立つ男が一人――。

ここは平民街の外れ。古びた倉庫を見渡せる位置に陣取るネオイアスを、アリィは何とも言えぬ面持ちでぼんやりと見つめた。

忙しいはずの王太子が、真夜中にこんな場所にいること自体が不思議でならない。

「おい、正気か？」

彼は不機嫌さを隠しもせずに、横に立つミリアルドに告げた。

ネオイアスに声をかけられて、ミリアルドはただ薄く笑う。

「別に人を貸してくれるだけでよろしかったのですよ？」

「ふざけるな。人を顎でこき使っておいて、言うことがそれか。詳細もまともに聞いていないのに、大事な部下を借し出せるか」

「殿下、駆り出される私たちにこそ一言あるべきでは？」

憤慨するネオイアスの横で、レンソルが肩を竦《すく》めている。

なぜレンソルがここにいるのかと言えば、彼は王太子に長らく仕えていた元側近らしい。王太子派と言われる所以《ゆえん》にもなるほど納得である。

折角だから初めての報告を聞こうか、とレンソルがアリィに向けて浮かべた笑みはとてつもなく怖かった。

アリィを大神殿に行かせたのはレンソルではあるが、大したことはできないと念を押したはずだ。彼もそれは承知の上だと思っていたのだが。

高位聖女について何も調べていないのだから、怒られるのは当然なのだが、アリィはとにかく素直に謝った。ミリアルドが庇《かば》ってくれたので、義兄妹揃《そろ》って怒られる羽目となったが。

そんな一幕も落ち着いたはずだが、レンソルはまだ文句を言い足りないらしい。今度はネオイアスに噛《か》みついている。

「近侍を貸せと言ったのは、この駄犬だ。文句があるなら、こいつに言え。元同僚だろう」

実際には二人とも解雇されているので、確かに元同僚というのが正しいだろう。だが、ミリアルドがそれには納得がいかない顔をしている。

レンソルが諦めたようにため息をついた。

「ミリアルドは人の話を聞きませんからね……」

「ははは」

豪快に笑ってみせたミリアルドに、レンソルはじっとりとした瞳《ひとみ》を向ける。

「褒めてないからな……はあ、王太子殿下とその栄えある近侍が泥棒の真似事《まねごと》とは嘆かわしい……」

「だから、人だけ貸してほしいと言ったんだ。詳細を教えたら絶対に来ないだろ」

「当たり前だろう！」

ミリアルドとレンソルの不毛な言い合いに、アリィは彼らが静まるように祈ってみる。ついでに体がほっこりする祈りも付け加えた。

途端に三人が黙ったので、アリィはようやく口を開いた。

「で、首尾はいかがでしょうか、殿下」

「もちろん、上々だ！」

ネオイアスが胸を張った。

今夜、件《くだん》の倉庫街から大量の小麦を炊き出しに関《かか》わるパン屋に運び込む手筈《てはず》になっている。

炊き出しをするにしても、小麦がなければ話にならない。在処《ありか》が判明したのであれば、いっそそこから持ち出せばいい……という結論までは出たのだが。

改めてネオイアスが王族の特権を使い、倉庫に搬入された小麦の売買ルートを綿密に調べたところ、なんと大神殿が買ったことになっていた。本当に大神殿から多額の金が支払われていたのである。

これには報告を受けた教皇も驚いていた。いの一番大神殿の金庫番であったハマンが疑われたが、まずは大量に購入された小麦の確保が優先された。

炊き出しに必要な分以外は王家がすべて買い上げて、市場に戻すことを約束してくれた。

ただ運び出す人手が足りない。倉庫一杯の小麦である。

そのため、さらにネオイアスの力を借りることになったのだ。

彼の指示で近侍を始め、十数人が荷車を用意して待機している。

確かに準備は万全のようだ。

あとは倉庫にいる見張りを無力化して小麦を運び出すだけである。

「で、あいつらはなんの狼藉者《ろうぜきもの》たちの集まりなんだ？」

ネオイアスが胡乱《うろん》な視線を向けて、やや離れたところにいる別の一団を見やった。

「あはは、気づいちゃいました？」

本来ならこの作戦の最終段階でしか顔を出さない者たちが、この場にいる。

なぜか？

アリィが困ったようにミリアルドを見やれば、彼はどうしようもないと首を横に振った。

「聖都のパン屋の店主たちですよ。一般人なので、くれぐれも怪我《けが》はさせないようお願いいたします」

ミリアルドがしれっと答えているが、アリィは乾いた笑い声しかあげられない。

ネオイアスが不可解そうな顔で、あれが一般人？　とつぶやいている。

「嘘《うそ》だろう、どこの格闘家集団かと思ったが……」

バルカスを筆頭に、聖都の名の知れたパン屋の店主とその関係者たちが勢ぞろいしていたのだ。どの店主たちも歴戦の兵士のような屈強な体躯《たいく》を持ち、雄々しい。今にも突撃しそうな、ピリピリした空気を感じる。とにかく圧が凄《すご》い。

手にしているのはフライパンだの泡だて器だのといった調理器具なのだが、それが余計に違和感を生み、何度も振り返って見てしまう。

小麦を運んでからが仕事だと何度も伝えたというのに、大事な小麦を人任せにできるかと彼らが反発した結果である。

どうしても小麦を独り占めしてパン・フェスタを潰《つぶ》した仕返しがしたいと鼻息荒く反論されたものだから、アリィとしてもこれ以上止めることはできなかった。

長年パンを捏《こ》ねると屈強な体躯まで手に入るらしい。

さすがはパン職人だ。奥が深い。

とにかく、おかげでネオイアスの近侍を借りずとも人手は足りていることになる。

ご足労いただいた手前、なんとも申し訳ない事態ではあるが、アリィも頑張って説得はしたのだ。

「私たちは聖都のパン屋の店主と共闘するのか……」

レンソルがなんとも言えない顔でぽつりと言った。

「いや、共闘って……あの者たちはこの作戦を知っているのか？」

「小麦を奪ってここに用意されている荷車に積むくらいは理解していますよ」

ミリアルドの簡潔な説明に、ネオイアスはまた嘘だろうと呻《うめ》いた。

「それは作戦とは言わないだろう……なぜそれで殿下に声をかけたんだ……？」

さすがのレンソルも顔色が悪い。

辿《たど》るべき未来に暴動しか見えないのだろう。

「あの……お話し中すみません。親父《おやじ》様たちが倉庫のほうに突っ込んでいっちゃいましたけど……？」

大丈夫ですかと問いかけるアリィの声は、ネオイアスの盛大な舌打ちでかき消された。

思い思いの武器を手にした集団が、雄たけびをあげながら倉庫へ駆け込んでいく。

やはり厚みが凄いと感心してしまう。

「あの馬鹿《ばか》どもの手助けをしろっ」

「人の父親捕まえて馬鹿とは聞き捨てなりませんね」

ミリアルドの言葉に、ネオイアスが唾《つば》を飛ばさんばかりに怒鳴り返した。

「愚か者たちを正当にこき下ろしているだけだっ、文句を言うなら指揮官を代われ！」

倉庫の見張りをしていた男たちは皆一斉にハトが豆鉄砲を食ったような顔をしていた。

彼らの手にも武器はあるが、フライパンやら鍋《なべ》を持った者たちの姿に若干、後ずさってもいる。

「な、なんの集団だ？」

「暴徒か？」

しかし、その後ろから慌ててやってきた王太子付き近侍の格好を見て我に返り、忌々しそうに対《たい》峙《じ》する。

「おい、王城の奴《やつ》らがいるぞ！」

「なんでだよ⁉」

「どういう関係だ？」

よくわからない武闘集団に、城の騎士たちが交ざっていることに現場は混乱した。

だが、パン屋の店主たちの腕力の方が凄《すさ》まじい。あっという間にならず者たちはパン屋の店主たちに馬乗りにされ、殴り飛ばされたりしている。それを近侍たちが止めて、素早く縛り上げて行くといった光景があちこちで繰り広げられた。

「今後、聖都のパン屋の店主との取引は考えることにする」

集団の通った後は死屍《しし》累々《るいるい》といった有り様だ。

成り行きを見守っていたネオイアスが厳かに宣言すれば、レンソルが苦笑した。

「あれほどの腕があれば、聖都の憲兵隊にも余裕で入れますからね」

「朝から晩まで来る日も来る日もパン種捏ねてれば、そのくらいの腕力はつく」

「お前が豪剣の理由がわかったよ」

ミリアルドが当然のように受け止めている横で、レンソルは納得したように肩を落とした。

義兄の剣の腕が聖騎士随一であることは知っているので、アリィも聞き流すだけだ。

「力に任せてただ振るうだけなら、馬鹿でもできる」

ネオイアスが冷たくミリアルドに吐き捨てた。

だが義兄は飄々《ひょうひょう》と受け止めた。

「俺の剣は護《まも》るための剣ですから」

「それで亡くしているのだから、愚かだろう」

「殿下、それ以上は我々への侮辱ですよ」

ネオイアスの戯言《たわごと》に、レンソルの眉《まゆ》が上がる。

元大聖女付きの近衛《このえ》としての自尊心のようなものだろうか。

ミリアルドもレンソルも、アリィが亡くなったことを悲しんでくれている。そして、つい苦言を呈さずにはいられないネオイアスの気持ちも、わからなくはない気がした。彼がこれほど、大聖女の死を悼んでいたとは想像もしなかった。

だからアリィはただ黙って目を伏せた。

倉庫には山と積まれた小麦袋がある。ここだけでなく、他《ほか》の倉庫にもあるかもしれない。

「アリィ、ここにあるものは全部運んでいいんだな？」

積み上げられた小麦袋を引っ張り出して四つ抱えたバルカスが、いい笑顔で向かってくる。

清々《すがすが》しい顔をしているところを見ると、最近の鬱憤《うっぷん》が晴れたらしい。

師匠の喜びは弟子の喜びである。

「はい、どんどん運んじゃってください」

近くにあった空の荷車を示して、アリィはくふふと笑う。

「……嬉《うれ》しそうだな」

ネオイアスがアリィの笑顔を見て、呆《あき》れたように告げた。

「親父様が生き生きしていますからね」

ここしばらくしょげていたので、こんなに嬉しそうな姿は久しぶりだ。

「あれは、生き生きしているのか……」

「凶悪犯が悪だくみをしている顔にしか見えない」

ネオイアスとレンソルが揃《そろ》って顔を見合わせている横で、ミリアルドが「さすが俺の義妹《いもうと》だ」と
いい子いい子するようにアリィの頭を優しく撫《な》でた。

「それで？　これから、どうするんだ」

「もちろん、親父様と一緒に小麦を運ぶのを手伝いますよ」

「アリィには向かない仕事じゃないか？」

ミリアルドがどんどん運ばれる小麦袋を見つめて言う。

確かにアリィの腕力では一袋運び出すだけで精一杯だろう。

「できる限りは頑張りますよ？」

やや視線を逸《そ》らしつつ答えれば、ぐしゃぐしゃとミリアルドが頭を強く撫でた。

その視界の端で、何か動く影を捉《とら》えたような気がした。

ふと目線を向ければ、誰《だれ》かが倉庫の裏から外へ出ようとしている。

「義兄様、あそこ！」

「待て、アリィ！　飛び出すなっ」

アリィは咄嗟《とっさ》に走り出して叫びながら、相手が逃げないよう強く祈る。

がんと盛大に転ぶ音が響いて、すぐにミリアルドがアリィを追い越して地面に倒れた者へと飛び掛かった。

けれどぶんっと空気を切り裂くような音がして、ミリアルドが影から飛びのく。

「アニキ、逃げろっ」

倉庫から駆けてきた大柄な男が後ろからミリアルドを羽交い締めにしようと近づいたが、義兄はあっさりと拳《こぶし》一つで倒してしまう。男は無言で地面に倒れ込んだ。さすがの剛腕である。

「来るな、アリィ！」

だが近づこうとしたアリィに向かって緊迫したミリアルドの制止の声が飛ぶ。そこに、へえという軽い口調が重なった。

「そうか、アリィちゃんが連れて来たのか……」

「なぜ、ここに……？」

最初に逃げてアリィが転ばせた者は、ミリアルドが倒した男からアニキと呼ばれていた。つまり、小麦を運んでいた二人組の言っていた神官の兄貴とは――彼のことだったのだ。

「それはこっちの台詞《せりふ》でもあるね。アリィちゃんは近くの流行病《はやりやまい》に気づいただけじゃなかったんだ。なんで、ここに小麦があることまでバレちゃったかなぁ」

いつもの軽薄さを滲《にじ》ませて地面から立ち上がった男は、そのままゆったりと服についた土埃《つちぼこり》を払う。

「神官ラッセ？」

ミリアルドはアリィの護衛をしていたので、名前を知っているのだろう。

ラッセは首を傾《かし》げた。

「はあ、小麦を運んでいるところを見つかってしまったから、警備を強化しておいたのに……まさか大人数で小麦を持ち出しにかかるなんて。まさに泥棒じゃないか」

手にしたナイフを構えながら、ラッセがへらりと笑う。

「泥棒じゃない。ここの小麦は王家で買い上げた。すでに大神殿への支払いも済んでいる。そもそもそっちが大神殿を隠《かく》れ蓑《みの》に小麦を買い占めたんだろうが。中位階梯《かいてい》の神官が出せる金額じゃない。現在一番疑わしいハマン主教を尋問しているところだが……まさかグルだったのか？」

「違う！　僕は崇高な目的のために、小麦を買い集めていただけだ！　主教に資金は出してもらったが、あいつの目的なんて知るものか」

ラッセは激高しながらその刃《やいば》をミリアルドへと向けた。

「ぐっ」

「義兄様っ！」

ミリアルドは聖騎士を追放された時に剣をはく奪されている。

今日もアリィの護衛として来ているため、丸腰だ。

義父のようにフライパンを構えているわけでもない。だからこそ、ネオイアスに協力を仰いだのだ。

ざくりとラッセの刃がミリアルドの腕を切り裂いた。赤い鮮血が飛び散るのを、アリィはなぜかゆっくりとした光景として眺めている。

一瞬にして頭が真っ白になった。

「ミリアルド！」

アリィが叫んだ途端に、不自然にラッセの動きが止まって、ミリアルドの蹴《け》りが彼の脇腹《わきばら》にめり込んだ。

「ぐふっ」

そのままラッセは倉庫の壁に叩《たた》きつけられ崩れ落ちた。

「義兄様、義兄様……っ」

アリィはミリアルドに駆け寄って、すぐさま治癒を祈る。

ミリアルドは取り乱すアリィの体を片腕で抱き留めて、無邪気に笑った。

「大丈夫だ、この程度の怪我《けが》」

「おい、物凄《ものすご》い神聖魔法の発動を感じたんだが――っ、何があった⁉」

建物から慌てて飛び出して来たレンソルが、ミリアルドとアリィのもとに駆けてきた。

「義兄様がナイフで切りつけられたんです！」

「どこだ、見せてみろ」

「腕だが全然、問題ないって言ってるのに」

レンソルが駆けつけてくれて、アリィはどっと力が抜けた。

「だって、怪我をしたら痛いものです……！」

「動いてる間は痛みなんてないんだよ」

「血みどろになっても走りだしたら止まらないもんな。そんなことばかり言ってるから、猪《いのしし》だって言われるんだぞ？」

呆れたようなレンソルがミリアルドの腕の具合を見る。

「なんだ掠《かす》っただけか。本当に大した傷じゃないな」

ミリアルドも切られた服の隙間《すきま》から覗《のぞ》く肌を確認して、本当だと頷《うなず》く。

「そういや、前にもこんなことがあったな。近衛が怪我したって、大聖女様が大慌てで高度な神聖魔法を聖都のど真ん中で行使して……感じ取れた者たちが恐れ慄《おのの》いたっていう」

「ああ、あれか。俺にはわからなかったから、レンソルたちが急に、茫然《ぼうぜん》としたのに驚いたんだよな。大聖女様を護る近衛が一斉に腑抜《ふぬ》けるから、一体何が起こったんだってさ」

レンソルが昔の話をすれば、ミリアルドも瞬時に頷いた。

スリの子どもがナイフを持っていて、アリィの警護をしていた近衛の一人に切りつけたのだ。確かにあの時も、アリィの頭は真っ白になって、同じように全力で治癒を祈ったことがあった。

「お前たちは……っ、なぜ笑っていられる……」

壁に激突して座り込んだままのラッセが、声を震わせていた。その声は悲しみに暮れ、聞いているこちらの胸まで苦しくなるほどだ。

そこには、普段の軽薄な彼の姿はなかった。

ただ深い深い、絶望があるだけだ。

「無能な近衛のくせに……っ、あの方を死なせたくせに……っ」

「お前、どこか見覚えがあると思ったら、あの時のスリの子どもか！」

レンソルが声をあげると、いつの間にか倉庫からこちらへとやってきたネオイアスがラッセをまじまじと見やって鼻を鳴らした。

「あの時のスリなら、仲間たちとともに大神殿で神官として引き取ったはずだ。彼女がそれを望んだから。お前たちは大聖女に感謝すべきだというのに、なぜこんなマネを？」

「……大聖女様の一周忌のためだ」

「え？」

思わずアリィは声を漏らした。

「偉大な大聖女様の一周忌を、聖都中で悼むためだよ！　何がパン・フェスタだ。あの方が亡くなって、まだ一年も経《た》っていないというのに祭りなんてふざけたことを……。だから聖都中の小麦を買い占めて、パン・フェスタを中止にしてやったんだ！」

「……——」


その場を沈黙が支配したのは言うまでもない。

それを聞いてぽかんと口を開けているレンソルを、アリィは胡乱《うろん》な目で見つめてしまった。

何が、小麦の買い占めには裏があるだ。

大聖女の暗殺を企《たくら》んだ者と同じ犯人だろうなんてアリィを焚《た》きつけて。

裏なんてなくて、本当に大聖女の一周忌の前に祭りなんて不謹慎だというちょっと強火の大聖女信仰から来ていたものではないか！

レンソルの口車にすっかり騙《だま》された。

実際、大神殿に来なければこうして小麦を見つけることはできなかったかもしれないけれど！

なんだか釈然としない思いでいっぱいのアリィだったが、ふいにミリアルドが口を開く。

「大聖女様は崇高なお方だ。何より、信徒の幸福を日夜願っておられた。人が笑っている姿を見るのが本当に好きなお方だった」

そこに負の感情は一切なかった。だから、アリィはじっと彼の言葉を聞く。

「そんなお方が、民の楽しみを奪ってまで自分の一周忌に専念しろとは、絶対に言わない」

落ち着いていたけれど、どこまでも力強い声に、ラッセは項垂《うなだ》れた。

「……大聖女様がどこまでもお優しい方だとはわかってたけど……、でもなんにも恩返しできないままで……ただ救ってもらっただけでは……せめて、あの方のために、何かしたかったんだ……」

「なら、笑ってください」

アリィは彼に伝えたい言葉がきちんと伝わるだろうかと、考えながら言葉を紡ぐ。

「貴方《あなた》が幸福だと思って笑って暮らしているなら、それが大聖女様への恩返しになります」

「はは、そんなわけ……」

ラッセが呆れたように掠れた笑い声をあげた。

「大聖女様はそういうお方だ」

「そうだな、私たち近衛が保証する」

「婚約者の俺だって、それだけで彼女が十分に喜ぶと知っている」

ミリアルドに続いてレンソルとネオイアスが告げれば、ラッセは力なく笑って崩れるように膝《ひざ》に顔を埋《うず》めた。

「なんだよ、それ……なんで……そんなことで、良かったのか……」

呻《うめ》くように告げられた言葉は僅《わず》かに震えて、夜の闇《やみ》に溶けていった。


大規模ミサは、日も高くなった午前中に礼拝堂で行われた。

荘厳な礼拝堂は建てられたばかりのように美しく磨き上げられ、厳かな空気に満ちている。左右の壁際には正装した聖騎士が並び、入り口は厳重に固められた。

教皇の朗々とした精読に続き、集った者たちが一斉に復唱する。それがまるで歌声のように絶えず響きわたる。

浄化を祈り、鎮魂を願い、そして恒久的な平穏を望む。

そんな聖句を、大神殿で働く者全員が、二時間以上かけて盛大に唱えるのだ。

そして礼拝堂を囲むように貴族、平民と様々な人が集まり、皆静かに聞き入っている。

風に乗ってそれは聖都にまで微《かす》かに届くほど。もちろん声量もそうだが、神聖魔法を使って遠くまで声が届くように工夫もされている。

それを大神殿の中央広場で聞いていたアリィは、屋根の上で微睡《まどろ》んでいる銀色の毛並みを持つ愛猫を見つけて小さく笑む。

モモは聖句が好きだ。

聞いていないようでいて、きちんと聞いている。

心地よさそうに揺れる尻尾《しっぽ》が、愛猫の心情を如実に表していると思う。

アリィも重なるように祈りを込めて、聖都にいきわたるようにと願う。

聖句に乗って、どこまでも広がる願いは清らかで澄んでいる。

モモが小さく鳴いた。

『心地よいの……』

うっとりと聞こえた声は本当に気持ちよさそうで、アリィはふふっと小さく笑う。

「アリィ、こっちの準備はもうできたぞ」

バルカスが大きな体躯《たいく》をのしのしと動かしてやってきた。

小さな店でバルカスを見ても圧が凄《すご》いが、広場の青空の下で見てもやはり圧は強い。

「親父様《おやじさま》、ありがとうございます」

アリィが礼を言えば、バルカスが目を細めた。

「一度、お前が聖女をしているところを見たいとナルシャとも話していたんだ。俺はこうして見られたから、後でちゃんとナルシャにも見せてあげてくれ」

「ええ？」

ナルシャは今、デリ・バレドの店番をしているのでここにはいない。広場の炊き出しが終わる頃《ころ》に店を早目に閉めてやってくると聞いている。

アリィの格好は低位聖女の灰色ローブだ。それほど誇らしいものでもない。

そんな初孫を見に行くイベントみたいな扱いをされても、とアリィは戸惑う。

「急に義娘《むすめ》が大神殿に行くことになったから、ナルシャが本当に寂しがって……ここでちゃんと食べて元気にしているのか心配してたんだ」

「お袋様……」

得体の知れないアリィを受け入れてくれただけでなく、こうして心配もしてくれて。

本当にバルカスにもナルシャにも感謝しかない。

「まったく。そんなデレデレしてアリィを眺めんな、バカ親父っ」

いつの間にか横にいたミリアルドが、アリィを囲うようにバルカスとの間に割って入った。

「可愛《かわい》い義娘との時間を満喫してただけだぞ。何が悪いっ」

「無駄口叩いてないで仕事しろ」

「準備は終わったと言っただろうがあっ」

「じゃあ、さっさと店の前に立ってろっ」

いつもの盛大な親子喧嘩《げんか》に発展したので、アリィは微笑《ほほえ》ましげに見つめるだけだ。

本当に仲の良い親子である。

「こちらの準備も終わりましたわ」

カウネがやってきて、ミリアルドたちの喧嘩に少し怯《おび》えた目を向けた。

彼女は広場でパンを配る係で、用意を整えてくれていた。

「止めなくてよろしいのですか？」

「あれは拳《こぶし》の語らいというものらしいですよ？」

「へ、へえ……？」

カウネは戸惑ったようだが、深くは追及しないでくれるようだ。

バルカスはここ二日ほどほぼ不眠不休でパンを作っていたはずだが、そんな疲労など微塵《みじん》も感じさせない。さすがはアリィの師匠である。

聖句を唱える声が終わって、広場もざわついてきた。

大聖堂でミサを聞いていた聴衆たちが動き出したのだろう。

「さあ、お客さんがやってきますよ」

アリィは握りこぶしを作って意気込むのだった。


パンの配給を手伝いながら、アリィは人々の間を縫うように練り歩く。

手持ちの籠《かご》に入れたパンはあっという間に売り切れた。

無料で配っているので、なくなるのも早い。

「やあ、アリィちゃん。今日も食事当番なの？」

ラッセがのんびりと歩いてきて、アリィに声をかけた。

倉庫街を襲撃した夜から姿を見ていなかったが、まさかいつも通りにアリィの前に現れるとは思わなかった。

あの後、彼は王太子の近侍に連行され、そのまま仲間たちと取り調べを受けたと聞いている。

小麦を買い占めたのは彼らだが、実際のところ、買い占めるための金を出していたのは予想通り主教のハマンだった。取り調べでラッセがそう証言したのだ。

貴族派のハマンを庇《かば》う必要もないから、黙秘する理由もなかったらしい。

ラッセの主張としては、大聖女の一周忌前に聖都が浮かれないようにするため、ハマンと共闘していたということだが、一周忌が終われば買い占めた小麦は市場に戻すつもりだったそうだ。

だが、ハマンはそれを許さず、協力しないならすべてをビルオの指示として罪をなすりつけ、デリジャーたちを含めた元仲間を大神殿から追放してやると脅した。実際のところハマンにそんな権限はないが、大聖女付きの近衛《このえ》たちが全員追放された後だったため、主教にはそれほどの力があるのだとラッセは誤解したようだ。

ハマンがラッセを巻き込んだ理由は単純で、ビルオ筆頭の主教派への嫌がらせだったというのだから、双方呆《あき》れる関係ではある。

ハマンはさらに大神殿の寄付金を着服して資金にしていたことが判明して、捕らえられた。だが動機はラッセたちとは異なり、大聖女が亡くなり貴族からの寄付金が減ったため、それを補填《ほてん》しようと小麦の価格を高騰させて儲《もう》けようと企んでいたことが判明した。

一体どんな計画かと思えば、貴族派の神官に流行病に似た症状が出る弱毒性の異物を井戸の水に混入して病気と見せかけ、『聖なるパン』として中和剤を混ぜたパンを売りつけようとしたらしい。手の込んだことだ。

どれくらいの症状が出るかを確かめるために、まずは平民街の一角にばらまいて様子を見ていたらしい。

さすがに大聖女に盛ったほどの毒物ではなく、ハマンもそちらの関与はきっぱりと否定した。だがおいしくなったと評判のアリィのパンに目を付け、大量に作らせてこき使うつもりだったことがわかって、ミリアルドだけでなくなぜかネオイアスも激怒してキリキリと締め上げたそうだ。

王太子の仕事として、大神殿の寄付金を着服したことがそんなに許せなかったのか、とアリィが全然別方向で納得していれば、ミリアルドが無言で頭を撫《な》でてきた。きっと正解ということだろう。

そちらの処分はもうすでに済んだと聞いた。

結局首謀者が主教だったことから、ラッセは放免になったらしい。というより、彼はそもそも主教派ではなく、大聖女派で、今回の件ではネオイアスが介入したとミリアルドから聞いている。目の前のラッセからは過激派と名高い派閥に属しているようには感じ取れないが、人というのはわからないものだなと思う。

「今日はこちらで炊き出し担当なんです」

「食事当番と変わりなくない？」

面白そうに笑ったラッセは、アリィの籠からパンをとると一口齧《かじ》る。

「うん、うまい。今日もアリィちゃんがパンを焼いたの？」

「これは親父様のパンですよ。聖都一、おいしいパンなのです！」

誰《だれ》であろうと、デリ・バレドのパンを褒められるのは嬉《うれ》しい。にこにこと応じれば、彼も毒気を抜かれたのか小さく笑う。

「ほんと、アリィちゃんは可愛いね」

「アリィに近づくな」

不機嫌さを隠しもしないで、やってきたネオイアスはラッセに居丈高に言い放った。

「殿下、余裕のない男は嫌われますよ？」

「――余計なお世話だ！　お前の仕事は別だろうっ」

苦虫《にがむし》を噛《か》み潰《つぶ》したような顔になったネオイアスが、ぎりりとラッセを睨《にら》みつける。

「仕事？」

アリィの疑問にラッセが渋々と答える。

「僕さ、実は執行猶予中なんだよね。殿下が新しい仕事っていうか任務を与えてくれてね。その間はとりあえず罪を見逃してくれるって。だけどそれが終わったらすぐに捕まっちゃうかも、てことだから、正直やる気が出るわけもなくてねえ？」

本当にやる気がなさそうで、アリィは隣に立つネオイアスの顔をそっと窺《うかが》う。

彼の渋面はさらにひどくなっている。

「何がやる気にならないだ。崇拝する大聖女様の役に立てると泣いて喜ぶべきだし、聖女たちと仲のいいお前が、普段していることだろう。それを報告しろと言っているだけだ」

なるほど、確かに聖女たちの恋人であるラッセなら、彼女たちからたくさんの情報を聞き出せるだろう。アリィよりも確実に収集できる。

あれ、そうなるともはやアリィは必要ないのでは？

そもそも小麦の買い占め犯を捕まえたかっただけで、解決すれば大神殿に用はない。

さっさとパン屋に帰ってもいいのではないだろうか。

「ちなみに、こいつは高位聖女には近づけないから、君には引き続き高位聖女を探ってほしい」

まるでアリィの心を読んだかのようにネオイアスが告げた。

びくりとしたアリィに、彼は意地悪く嗤《わら》う。

「逃がさないからな？」

「…………」

「だが危ないことはしなくていい。聖女たちに近づいて、少しでも身の危険を感じたらすぐに逃げろ。わかったな」

「はい？」

結局聖女を探ることは継続のようだが、心配されている意味がよくわからない。

きょとんとしてアリィが瞬くと、ラッセがへらへらと笑う。

「殿下、無理強いする男も嫌われますからね？」

「お前はさっさと仕事に戻れっ」

ラッセに怒鳴って追い払うと、ネオイアスは周囲を見回した。

「それより、随分と盛況だな。大事ないか？」

改めて見れば、アリィの顔色を確認するネオイアスのほうが疲れていそうだ。隈《くま》もひどい。

いつもの癖ながら、疲労回復と活力向上を祈っておく。

彼は目をぱちくりと瞬かせて、ふっと気が抜けたように笑った。

そうしていると年相応だ。

いつもはヴェール越しで見ていたので、そんなに柔らかい表情もできるのかと感心する。

「今日は大好きなパンをたくさん食べてくださいね」

アリィがにこやかに告げると、なぜか彼はこれ以上ないくらいにぽかんとした顔をする。

あれ、とアリィは首を傾《かし》げた。ネオイアスは間違いなくパンが好きなはずだ。

「殿下のお気持ちは理解しております。ご安心ください、私は味方ですよ」

「いや、待て。何か誤解をしている気がする。なぜ俺がパン好きということになっているんだ？」

「ええ？　ですから殿下は甘いお菓子は苦手だけれど、実はパンが大好きで、パン・フェスタを心から楽しみにしていたから、こうして炊き出しに協力してくださったんですよね？　別に恥ずかしいことでもないし隠すことではないと思うのですけれど……なので今日は心置きなくパンを食べていってくださいね」

だから忙しい政務の間にわざわざ時間を作って、近侍まで派遣して小麦を取りに行くのを手伝ってくれたのだろう。アリィはそう確信している。

本人が何を恥ずかしいと思うかは人それぞれだ。

突然、ネオイアスががっとアリィの両肩を掴《つか》む。

「俺が好きなのは――っ」

だがネオイアスは何かに気づいて、真っ赤になった。

もう赤くなる場所なんてないというくらい、耳の先まで真っ赤だ。

そんなにパン好きを知られたのが恥ずかしかったのか。

それとも本当に体調が悪化したのかもしれない。

「え、熱？」

咄嗟《とっさ》に熱が冷めるよう祈りを捧《ささ》げれば、ネオイアスは口をぱくぱくと開閉して、アリィの小さな肩にがっくりと額を付けた。

「はあ、どうせ俺はヘタレだ……どうしろって……いやだが、ここで……？」

「殿下？」

ぶつぶつとアリィの華奢《きやしや》な肩口で文句を言うネオイアスのさらりとしたハニーブロンドを眺めて、やっぱり綺麗《きれい》な色だなと実感する。

甘いはちみつがけの砂糖菓子を思い出して、なんだか口の中がとろりと甘くなった。

「パンを半分こしてくれる約束は、どうなった……」

「え？」

そんな約束しただろうか。

いや、婚約者だった大聖女とはしていただろうが、低位聖女のアリィとはそんな約束などしていないはずだ。

「殿下はパンが大好きだから、どうしても食べたかったんだってさ！」

そう言ってアリィを後ろから抱えながら、ネオイアスの頭を器用にはがしたミリアルドが不機嫌そうに鼻を鳴らした。

「貴様っ」

ミリアルドに噛みつこうとしたネオイアスに、なるほど、パンが食べたくて機嫌を損ねたのかとアリィは納得した。

「ああ、パンの追加ですね！　持ってきますから、お待ちください」

アリィの籠の中はラッセが食べたのがちょうど最後で、ネオイアスにあげられるものがない。

バルカスのところへ行って受け取ってこようとすると、ネオイアスが呼び止めた。

「アリィ、今回はデリ・バレドの名前を出せなくて申し訳なかった」

彼の謝罪に、アリィは思い切り首を横に振った。

今日の炊き出しのことだ。

どの店も店名を掲げているわけではないのだから、ネオイアスがわざわざ謝る必要はない。今日の炊き出しが聖都にあるパン屋の手によるものだと気づいていない人だっているだろう。

それでも、アリィは知っているのだ。

「大丈夫です、殿下。店の名前なんてなくても、デリ・バレドのパンを食べた人は皆笑顔になるから。だってうちのパンは、そういうパンなんです」

胸を張って、誇らしげに伝える。

バルカスが作るパンだ。きちんと先代の教えを守って作られている。

広場の人たちが満足いくまでパンが食べられる。

お互いに笑い合って、楽しそうに。どこまでも幸福そうで。

それだけで、アリィは満足だ。

「うちのパンは、人の幸福をお手伝いするパンなんです。幸福にするパンじゃなくて、幸福のお手伝いをするパン。なぜなら、幸福になるのは、食べた人が勝手になるものだから。誰でも幸福は持っているものだから。そのきっかけになるようなパンを届ける、それがうちの信念なんです」

こうして、広場に集った人たちのパンを頬張《ほおば》る顔を見られただけで十分だ。

「聖都に笑顔が戻ってきた、それだけで本当に嬉しいんですよ」

屈託なく笑うアリィに、ネオイアスは眩《まぶ》しいものを見るかのように目を細めて、満足げに頷《うなず》く。

「君の気持ちは、よくわかった。戻ってきてほしくて、でも今は戻ってきてほしくはないな」

「殿下？」

「必ず解決する。だから、そうしたら話を聞いてくれ」

ネオイアスの瞳《ひとみ》はどこまでも決意に満ちていた。

何を、と問いかける空気ではなくて。ただ懇願の響きを持った声は、拒否することを許さないような力強さを含んでいた。

パン好きだってことかな？　とアリィは不思議に思いながら、頷くのだった。

終　章　厨房《ちゅうぼう》からおはようございます

「アリィ様、さすがにこのままというわけにはいきませんよ？」

べたん、どたんとパン種を厨房の机に叩《たた》きつけていると、ミーティが恐る恐る声をかけてきた。

言われなくてもわかっている。だが、現実逃避をさせてほしい。

バンバンと叩きつけて、アリィはああああっと息を吐いた。

時間は朝食を終えて、食堂の人気《ひとけ》もほとんどなくなり、静かになる頃《ころ》だ。

鬱憤《うっぷん》をぶつける音だけが、激しく周囲に響く。

本来なら奉仕活動に向かう時間だ。実際、カウネはすでに向かっている。

一緒にビルオのもとに行っていないので、彼女が今日どこに行ったのかはわからないが、昨日は大聖女の一周忌の献花台を整える作業をしたと話していた。

アリィもできるなら、そちらが良かった。

だが王太子からの要請で、彼の求めに応じて仕事をこなすため、通常の奉仕活動からは外されている。教皇からもそう命じられているので、アリィに拒否権はない。

だからといって、ここで心ゆくまでパンを捏《こ》ねているわけにもいかないのだが。

「これ、夕食の丸パンにしようと思います」

「いえ、違いますよね。そこではありませんよね」

すかさずミーティが突っ込んでくる。

これ以上無視すると、叱《しか》られてしまうことは長い付き合いだからわかっている。

「もう厨房から出たくないです。ここに住みたいです。というか、パン屋に帰りたいです」

「はいはい、丸い形に整えたらいいんですか？　で、それが終われば外で待っている方々とお話ししていただけるんですよね？」

嫌です、とはとても言えそうにない雰囲気だった。

大規模ミサが終わり広場で炊き出しをしてから一週間。毎日毎日、ネオイアスがやってくる。

ラッセは相変わらず神殿内の聖女たちの間をふらふらしているらしい。主教の一つ空いた席はすぐに埋まって、いつも通り大神殿は大聖女の一周忌に向けて準備をしているところだ。

小麦買い占め犯が捕まって、アリィが大神殿に滞在する理由はなくなったはずなのだが、レンソルとの約束のせいで、高位聖女たちの動向を探る日々である。いつの間にかそれが王太子からの要請にもなっているので、逃げ出すわけにもいかない。

やる気がまったく出ないので、マクステラを監視しているようなふりをしつつ、パンを捏ねているのが現状だ。

ネオイアスは情報を聞きたいなどと言いながらちょくちょくアリィのところに顔を出す。レンソルを派遣してくるだけで十分だと思うが、何度告げても彼はやってくる。なぜかお菓子を持って。

彼が持ってくるお菓子は聖都でも有名なものばかりだ。とにかくおいしい。見た目も可愛《かわい》い。最初は絆《ほだ》されてホイホイ受け取っていた。きっとそれがよくなかったのだ。

かわりに、彼はアリィが朝に焼き上げたパンの余りを食べていくのだが。

そこでだいたい、ミリアルドと盛大な喧嘩《けんか》が始まる。

厨房の裏口という人目のつかない場所といえども、ミリアルドは追放された近衛《このえ》だし、ネオイアスは王太子だ。神殿の中では目立つ行動は控えてもらいたいのに、なんとも大騒ぎで頭が痛い。

ミーティに昔から二人は仲が悪かったのかと聞けば、彼女はそんなふうには見えなかったのですがと不思議そうに首を傾げた。

だとしたら、一年で何かがあって不仲になったということだろうか。

確かに大聖女の呪《のろ》いだと騒いでいた王太子にミリアルドは怒っていたし、追放を言い出したのも彼だと判明した。

ネオイアスは大聖女を護《まも》れなかったことを怒っているようだが、あんなもの防ぎようがない。

結局、今も厨房の外では不毛な言い争いが繰り広げられている。そんな場所にのこのこ行きたいわけもない。

それなのに、ミーティは自分に仲裁に入れと進言してくる。

実は何度か落ち着くように祈りを捧げているのだが。それでもすぐに再燃するのだ。

二人の意志が強すぎる。無駄なことだと早々に気が付いた。

あれはダメだ。自分の手には負えない。

「だからアリィ様と再会したあの時、大神殿をすぐに出たほうがいいとお伝えしましたのに……」

「え、どういうことです？」

「あの時ならまだ逃げられたということですよ。残念ながら、こうして見つかってしまえば、もう離してもらえないでしょうね」

「え、え？」

困惑するアリィに、ミーティはやれやれと肩を竦《すく》めて見せるだけだ。

「なーう」

『パンを食させてたもれ』

いつの間にか厨房にやってきたモモが尻尾《しっぽ》をアリィの足元にこすりつけながら、懇願してくる。

「朝ご飯は食べましたよね？」

『よい匂《にお》いがするからのぅ……』

モモは大神殿に来てから寝ているか食べているかのどちらかだ。

時折カウネに遊んでもらっているが、明らかに体格が一回りは大きくなった気がする。

「おやつにしてもまだ早いですよ」

愛猫に言い聞かせれば、ミーティが深々とため息をついた。

「アリィ様、モモ様と話して誤魔化そうとしても許しませんよ」

「そんなつもりはありませんよ……？」

愛猫の健康管理もアリィの務めではないだろうか。
ただ、ちょっと外の話を忘れたいだけである。
ミーティには現実逃避だのなんだのと叱られるが、逃げてしまうのも許してほしい。
そのまま困惑をパン種にぶつけていて、途中で反省した。
パンは何も悪くない。
食べてくれる人を思い浮かべながら作るものだと、義父も言っていたではないか。
不甲斐《ふがい》ない弟子で申し訳なくなってくる。

——ああ、親父《おやじ》様。修業の足りない弟子で申し訳ありません。

毒殺されて天に召されてパン屋の義娘《むすめ》になったというのに。
なんとも精進の足りないことである。
アリィは反省して、外の喧噪《けんそう》を聞きながらゆっくりとパン種を捏ねるのだった。
心行くまで、皆の幸福のお手伝いになるためのパンを——。

了

あとがき

こんにちは、久川航璃《ひさかわこうり》と申します。カドカワBOOKSの読者様方には初めまして。

本作をお手に取っていただきまして誠にありがとうございます。この作品はネット小説にあげていたものを加筆修正させていただいたものです。書籍化のお声がけをいただいた時には、本当に驚きましたし、感謝しきりでした。

なぜなら、これは既に別のところから出版された作品と同じコンテストに応募したもので、一旦《いったん》完結するまで二年の歳月がかかった作品でして。それだけで勘の良い皆様なら察するところもあるかと思いますが、まあぶっちゃけると未完のまま長らく放置していたものを、読者様の強い後押しを受けて、どうにかこうにか形にしたシロモノでございます。

作者としましては、とても思い入れのある作品になりました。というのも、ネット小説にあげていた時の読者様との熱いやりとりや、一話更新に一ケ月もかかることにひたすらお詫《わ》びし、謝り倒した申し訳なさがふつふつとよみがえるからで……本当に感慨深い作品です。ですから、こうして声をかけていただき一冊の本にしてお届けできることが何よりもありがたいな、とあの頃《ころ》を振り返って感動しまして。重ね重ね、担当編集様及び出版社様には感謝を捧《ささ》げます。

さて本作の内容ですが、毒殺されそうになったことなど歯牙《しが》にもかけない主人公が、これ幸いと死んだことにしてやりたかった夢を叶《かな》えた途端に、別人として元の場所に戻るという、人生って本当にままならないよねというような話になっています。主人公があんまり悩まない能天気な性格なので、それほどの悲壮感はないと思いますが、周囲は大変……っていうのを目指していました。この作品の執筆時期がちょうど世間も落ち着かない頃で、いろんな感情をぶつけたものになってしまって、作者が収拾つかなくなったのを思い出して頭を抱えています。伏線張りすぎ、事件起きすぎってなりまして、こんな話を考えたのは誰《だれ》だよってなりました。ええ、自分ですともってセルフでツッコミをしたこともしばしばで……なんとか、一冊という形になって本当によかった、これも偏《ひとえ》に担当編集様のおかげでございます。いつもいつも本当にお世話になっています、なりました、ありがとうございます！

この話はネット小説のジャンルを恋愛で投稿しておりまして、ちゃんと裏では恋愛要素を入れていたのですが、話を重ねるごとに恋愛部分はもうちょっと待ってと伝える羽目になったことだけは強烈に覚えていますね。ほんのりした恋愛風味を感じていただければ幸いです。一応、三角関係でして、どっちとくっつくのかは読者様次第ってことにしていたのですが、皆様はどちらがお好みですかね。面白いことに、最初は二人を同列で扱っていたはずなのですが、作者の愛が重いせいか、片方はいつも読者様からの反応が半笑いぎみになるんですね。なぜですかね、物凄《ものすご》く好きなキャラなんですけどね。もちろん作者も半笑いになりますし、担当編集様も同様です。ある意味、彼は愛されているのかと思わなくもないのですが、不思議な現象ですね。作者が愛情をかけるとヘタレになるのかもしれないと最近は思い始めた次第で……恐ろしいからこれ以上深くは考えません。

ぜひ、皆様のお声を聞かせていただけると幸いです。

そして作者の頭の中にあるふわっとしたイメージから、見事なカバーイラストを描《か》いていただいた香村羽梛《かむらうな》様。カバーイラストを見てテンション爆上がり。何より、キャラデザをもらった時から、めちゃくちゃ興奮しました。一目見て、アリィだよ、アリィがいるよってなりました。カバーイラストは三人の人間関係を的確に表現していて、しっかりと三人の雰囲気が伝わってくるんですよ。イラストからにじみ出てくる素晴らしさ。そしてミリアルドも、ネオイアスも格好よし。唸《うな》るくらいに素敵なんですよね。何よりモモのあのブサイク顔が愛《いと》しすぎて……皆様にもじっくり眺めていただければと。心からカバーイラストをお勧めします！

さらにこの本に関《かか》わっていただいたすべての方々に、心からの謝辞を。本を出版するためには本当にたくさんの人の力を合わせているのだなと改めて実感しまして。こうして読者様のもとにお届けすることができました。本当に本当にありがとうございます。

最後になりましたが、世間では次から次へと煩雑なことが起こっておりますが、この本をお手にしてくださった皆様の心からの安寧を祈願して。

ここまでのお付き合い、本当にありがとうございました!

お便りはこちらまで

〒102－8177
カドカワBOOKS編集部　気付
久川航璃　宛
香村羽梛　宛

カドカワBOOKS

大聖女《だいせいじょ》は天《てん》に召《め》されて、パン屋《や》の義娘《むすめ》になりました。

2024年６月10日　初版発行

著者／久川航璃《ひさかわこうり》

発行者／山下直久

発行／株式会社KADOKAWA

〒102-8177
東京都千代田区富士見2-13-3
電話／0570-002-301（ナビダイヤル）

編集／ビーズログ文庫編集部

印刷所／暁印刷

製本所／本間製本

Printed in Japan
ISBN 978-4-04-737986-2 C0093

新文芸宣言

かつて「知」と「美」は特権階級の所有物でした。

15世紀、グーテンベルクが発明した活版印刷技術は、特権階級から「知」と「美」を解放し、ルネサンスや宗教改革を導きました。市民革命や産業革命も、大衆に「知」と「美」が広まらなければ起こりえませんでした。人間は、本を読むことにより、自由と平等を獲得していったのです。

21世紀、インターネット技術により、第二の「知」と「美」の解放が起こりました。一部の選ばれた才能を持つ者だけが文章や絵、映像を発表できる時代は終わり、誰もがネット上で自己表現を出来る時代がやってきました。

UGC（ユーザージェネレイテッドコンテンツ）の波は、今世界を席巻しています。UGCから生まれた小説は、一般大衆からの批評を取り込みながら内容を充実させて行きます。受け手と送り手の情報の交換によって、UGCは量的な評価を獲得し、爆発的にその数を増やしているのです。

こうしたUGCから生まれた小説群を、私たちは「新文芸」と名付けました。

新文芸は、インターネットによる新しい「知」と「美」の形です。

2015年10月10日
井上伸一郎

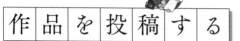